U0036131

魔豆

魔豆

懶散勇者物語
10［完］
Brave Story
降魔戰爭
香草／著

懶散勇者物語 10［完］

目錄

懶散勇者物語 CHARACTER

小妖

誕生於思思從北方賢者家中取得的水晶球裡。外表為一頭可愛無比的小黑貓，看似純真無邪、卻閃爍著狡黠光芒的雙瞳。
似乎只聽命於勇者夏思思……

夏思思

18歲長髮少女。被真神召喚至異世界的勇者。總喜歡穿著寬鬆衣服，讓人看不出她到底有沒有身材……個性有點懶散，也很怕麻煩，但卻聰明、思緒敏捷。
擁有強大精神力、能穿越任何結界。

卡斯帕/伊修卡

15歲，雙重身分（真神/祭司）。
化身為卡斯帕時，外貌絕美，身著精靈常穿的長衫。當身分為伊修卡祭司時，長相平凡，身穿祭司白袍。雖身分尊崇卻性格輕率跳脫，以旁觀勇者的旅途為樂。

埃德加

24歲，聖騎士團第七隊隊長。
難得一見的標準美男子。個性嚴謹，給人有點冷漠的感覺，卻有著外冷內熱、充滿正義感的一面，是名信仰虔誠的信徒。
魔武雙修，能力高強。

艾莉

25歲，隸屬埃德加麾下。
非常喜歡惡作劇，又很毒舌，喜歡吐槽自家夥伴。服下生命藥劑後，終於從15歲的外貌恢復為成熟女子。
是北方賢者的青梅竹馬。

奈伊

年齡不詳，是被教廷封印的高階魔族，但卻聲稱自己不食人肉！個性單純、不諳世事，被夏思思解除封印之後，便將她視為「最重要」與「絕對服從」的存在！

艾維斯

22歲，亡者森林裡的首領。
臉上常掛著若有似無的笑意，有著獨特又神祕的魅力。擁有一頭金紅及肩長髮、中性美的端正五官，性格卻聰慧狡詐。

佛洛德

10歲便獲得了「北方賢者」稱號的天才，於魔法、科學及學術上皆有優越的成就。
17歲遇上伊妮卡，人生便從此不同了⋯⋯
喜歡看書，個性溫和有禮，渾身散發著知性與寧靜的氣質。

奧汀

8歲，現任緋劍家家主。
初代勇者後代，擁有緋紅的髮色與眼眸。
個性老成持重，一副小大人模樣。
四處遊歷並尋找被祖母驅逐的兄長。

羅奈爾得

本是一名奴隸，因稀有的闇系體質而擁有非人的力量。被人稱為「闇之神」。
長相非常俊美，性格卻冰冷無情，總是帶有殺意的眼神讓人望而生畏。
15歲時與卡斯帕相遇，25歲時兩人決裂⋯⋯

諾頓

龍族之王。由於力量被封印而失去了所有記憶，一直以為自己是普通的農家子弟。得知自己的真實身分後，便以尋找失蹤的妹妹為目的，與思思等人一起旅行。
手臂上隱藏著風之元素精靈「青鳥」。

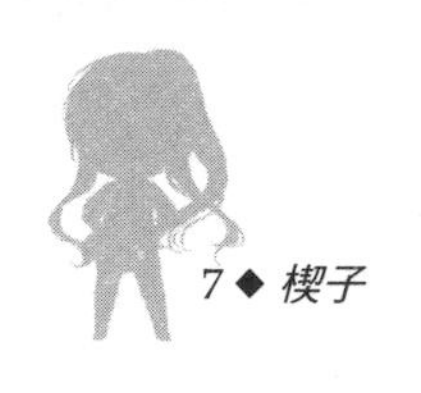

楔子

封印之地的結界被破壞，經過漫長歲月後，總算重獲自由的羅奈爾得抬首仰望，觸目所見卻只有盤踞在這裡多年的暗黑元素。過於濃烈的闇元素讓整個封印之地的上空都變得灰濛濛一片，令男子看不見預期中的藍天。

身爲讓這些元素聚集在封印之地的始作俑者，羅奈爾得隨時可以讓這些闇元素散去。甚至只要男子願意，黑暗根本無法阻礙他的視線。然而羅奈爾得卻沒有這樣做，只是任由黑暗影響。

「我好像從出生開始，便與光明無緣呢！」男子嘴角漾出一抹苦笑。

從懂事起，羅奈爾得便已身處邪教之中。被異教徒奉爲神祇化身信仰著的他，那時就知道自己異於常人，知道自己是「特別」的。

小時候他不懂，眞的以爲自己是神明的化身。可是當這個信仰他、利用他來斂財的宗教被國家殲滅時，羅奈爾得才知道自己的力量在世人眼中竟是如此不祥，如此地……被人忌諱。

於是羅奈爾得隱藏起自己的能力，作爲奴隸的他默默忍受守衛的挑釁虐打，隱忍並靜候著能力強大得足以逃走的那一天。

可這堅持，在他快要儲備足夠的力量時，卻因一名男孩而洩露了。

那是名小小年紀卻美得驚人的孩子。其實早在他們被分配在同一間房的第一天起，羅奈爾得便已知悉這名叫「卡斯帕」男孩的眞面目。

雖然卡斯帕總是趁著同房的人睡著以後才洗澡洗臉，可他卻不知道黑暗根本無法阻礙羅奈爾得的視線。

羅奈爾得本來可以去告發他，利用這孩子來換取較好的生活待遇，可是他卻沒有這樣做。並不是他同情心氾濫，基本上羅奈爾得的性情頗爲淡漠，從小看著不少教眾在養父的操縱下瘋狂捐獻以致身敗名裂時，他也沒有什麼太大的感覺，何況他現在的處境已經自顧不暇，哪還有餘裕來同情別人。

可是卡斯帕他……就只有這孩子，只有他是不同的。這個隱藏著原本容貌、戰戰兢兢生活著的男孩，與自己何其相似。羅奈爾得是個性情冰冷的人，可這種人一

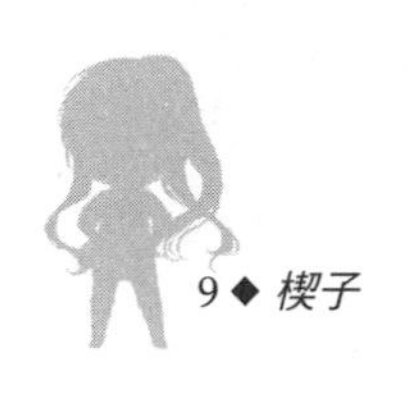

旦被某些事物觸動，便會特別地深刻。

因此當年他才會為這孩子隱瞞祕密，並且處處維護對方。

卡斯帕以為羅奈爾得是個外冷內熱的人，但其實只是因為他對男孩有著同病相憐的感覺，才會特別關心與注意。結果兩人相處後產生了感情，羅奈爾得這才真正把卡斯帕的事情放到心尖上。

一直以來，羅奈爾得都因為自身的力量，成了人們畏懼的存在。對他好的人全都是懷有目的的；敬畏他的信徒想獲得榮耀與永生，收養他的義父利用他來斂財，就連幫他脫離奴籍的喬納森，也是因為看上他的才能與潛力。

可就只有卡斯帕是全無目的地接近他，對他的好是發自眞心而不求回報的。當卡斯帕因為關心他的傷勢而曝露了一直隱瞞著的容貌時，羅奈爾得冰冷的心首次出現波瀾，彷彿一個在黑暗中迷路的人看到了一絲亮光。

看到了……溫暖與希望。

脫離奴籍以後，喬納森曾單獨找羅奈爾得出來談話，那名聰慧的天才鍊金術師分析了三人的狀況。卡斯帕那種治療傷痛的神聖之力太惹人覬覦了，單憑他一人無

法保男孩周全，喬納森向羅奈爾得求援，他需要更強大的助力，需要一些能夠與王國對抗的底牌。

因此，羅奈爾得成了一名讓人畏懼的出色殺手，更提供自身的血液給喬納森研究，最終創造出「魔族」這個底牌，就只是爲了保全那抹溫暖的光亮。

可是到最後，羅奈爾得卻發現一切只是他一廂情願。那個有著神聖力量、美麗淡金髮色、不屬於人間的絕美容貌的少年，根本就不是他的光芒！

他一直小心翼翼地用生命來保護的人，最後竟然背叛了自己！

想到這裡，倏地封印之地的闇元素激烈地翻騰著，明明沒有風，卻傳出激烈的風嘯聲，尖銳淒厲得如同野獸的悲鳴。

那是來自於神明的殺氣！

「啊!!」羅奈爾得雙手抱頭，發出痛徹心扉的慘叫。

良久，慘叫聲緩緩平息下來，黑暗中只剩下急促的喘息聲。

忍受著頭部不停傳來的抽痛感，羅奈爾得額上滿布冷汗。他剛剛差點兒便被殺意操控而失去意識，這狀況隨著他吸納的闇元素愈多，而變得愈來愈頻密。

每一次失控時，他腦海裡只剩下毀滅一切的殺意，他覺得那時的他已變得不是自己了。

羅奈爾得不知道自己還能保持清醒多久，也不明白自己多年的堅持到底是爲了什麼。也許……是爲了能夠親手復仇吧？

男子的手按在封印著自己的晶石上，隨即晶瑩剔透的結晶便閃現出一片黑色的花紋。經過羅奈爾得的改造後，這些能夠將一切陷入靜止的晶石結界，有助於他抑制逐漸失控的心神。

在重新陷入短暫的沉睡前，羅奈爾得喃喃唸著：

「卡斯帕，快點來吧！我這次一定要親手殺了你！」

ch.1
緋劍家族

在勇者一行人離開的時候，各城鎮已陷入與魔族的全面對戰中，而且戰火還一直往王城方向蔓延。

妖獸都像瘋了一般，不要命地進攻人類城鎮，其中甚至還出現已能化身人形的高階魔族！

這是一場關乎人類存亡的大戰，在大義面前，所有人都放下一切成見，用自己最大的力量支援友軍。

沒有特殊能力的普通人作爲後勤部隊，於軍隊後方全力支援。貪婪的富商無條件開放他們的糧倉與武器庫，有了他們的幫助，經過聖光洗禮、能夠殺死魔族的珍貴武器大量流入軍隊中。

那些隱藏在民間的高手也站了出來，帶領人民進行激烈的反擊。除了主要戰力的正規軍外，貴族也毫不吝惜地出動了私人軍隊，與那些他們素來看不起的低賤平民並肩作戰。

這一刻再也沒有平民、商人、貴族等階級之分，他們全都是力抗魔族的英雄，是一起浴血奮戰的戰友！

因爲他們都是有著堅定信仰的眞神信徒，因爲他們都是人類！

至於殺戮最多妖獸的人，絕對要數教廷的聖騎士們。雖然他們的人數並不多，但每人皆是魔武雙修的高手，是教廷專門針對魔族培訓出來的魔族剋星。他們就像死神的鐮刀，所到之處的妖獸群全都像被收割的稻草般，大片大片地倒下。

而在圍困著五名高階魔族的阿蒂爾城，佛洛德修改並啓動城內的魔法陣以後，幾名高階魔族的實力被削弱至極點，最終被駐守在城外的皇家軍隊全數斬殺！

另外，位於西方、屹立於沃富特山脈的鋼鐵要塞，是另一處戰況非常激烈的戰場。由於鄰近封印之地，那裡早已成了妖獸繁衍的溫床。闇之神的甦醒讓該區的妖獸全都狂亂起來，最可怕的是，牠們直接受益於封印之地外洩的闇元素，有不少妖獸因而進化，並且變得更有侵略性。

可長期防衛這個嚴苛區域的西方軍卻不是吃素的，面對著實力幾乎倍增的敵人，他們沒有退縮，更是以靈活的戰術把魔族耍得團團轉。

這次戰鬥，西方軍一改以往正面迎擊的強硬作風，而變得非常喜歡分散開來進行偷襲。其中以法師團的攻擊最爲卑鄙，躲在部隊後方的他們，攻擊時所使出的再

也不是單純的單一魔法，而是附加了一些小技巧後，變成了會轉彎的水箭、會突然分裂炸開的火球……

即使位處封印之地的魔族因闇元素的影響而實力大增，但佇立在沃富特山脈多年的鋼鐵要塞依舊穩穩守護著邊界，把大量敵人抵擋於要塞之外！

雙方傷亡數字持續攀升，很快地，一些戰力較弱的小城鎮便收到來自王城的命令，讓他們以保全性命爲優先，如不敵魔族便不要死守，邊戰邊退地任由牠們越過城鎮繼續攻往王城。

在菲利克斯王族統一各國、並把國名更改爲安普洛西亞王國以前，各國每有戰爭發生，外圍的城鎮無論如何都得拚命抵抗敵人的攻擊，用性命來保護身處王城的王族，不然一律處以叛國罪。

可現在當權的是安普洛西亞王國！聚集在王城的戰力不是擺設，不是只爲了保護一小群人而存在的。這也是這個國家能夠擁有如此強大凝聚力的緣故，誰會不擁戴一個一切以人民爲優先的國家呢？

收到來自王城的命令後，小城鎮的戰線開始後移。雖然如此，士兵們卻沒有放棄戰鬥，只是從阻撓魔族前進的死戰變成了游擊戰。他們不停騷擾往王城推進的魔族，只要找到機會便立即下殺手。結果在且戰且退間，也殺掉了不少低階妖獸，消耗魔族足足四分之一的低階戰力！

一名黑髮黑瞳、渾身散發著邪氣的男子，眺望著因人類軍隊再次突襲而變得混亂的妖獸群，他正是魔族中爲數不多的頂尖戰力，是其中一名統領妖獸攻城的高階魔族！

看著手下妖獸再度於人類的突襲下遭大量斬殺，男子輕蔑地冷笑道：「現在我們的神祇已經甦醒，這些人類也囂張不了多久。不過……這些沒用的垃圾雖然死了也不足惜，可看到人類勝利，我還是覺得很不爽。」

說罷，男子瞳孔的黑色突然迅速渲染開來，很快地，他的眼白也變成一片漆黑，看起來非常詭異。

魔族的眼力本就比人類優秀，何況這名男子在進化成高階魔族前還是種名爲「百目」的妖獸，傑出的眼力是他的天賦本領。

男子的視線越過混亂的戰場，立即在戰場後方看到一個被眾多士兵保護著的小小身影。

「找到你了。」男子嘴角勾起嗜血的笑容，然後快速往男孩方向掠去！

□

奧汀觀察著遠方的戰況，不久前，在外遊歷的他收到來自王城、由布萊恩陛下親自下達的召喚令。然而男孩卻在回程途中遇上了妖獸潮。承襲了「緋劍伯爵」的名號，奧汀理所當然把統領這些民間武力的責任承擔下來，與魔族展開了一場又一場的殊死戰。

身為家族繼承人，奧汀自小便接受嚴格的教育，投放在男孩身上的資源更是驚人。雖然因為他年紀尚小，以致有些戰略與意見略顯青澀，然而男孩的眼界與見識，卻不是那些民間的小貴族可比的。

在奧汀的帶領下，這個由傭兵團、貴族私兵、富商的護衛等，所組成的亂七八糟團體，成功帶給魔族很大的麻煩，造成敵方低階戰力不少的損失。

見妖獸逐漸從受到突襲的混亂中恢復過來，並開始向人類進行反擊，奧汀果斷地下令：「差不多了，我們撤退吧！」

此時，一陣低沉的男聲倏地於上方響起，道：「我說過你可以走了嗎？給我留下來吧！」

聲音出現的同時，一抹身影於林間掠出，數道足有手臂粗大的暗黑魔力猶如出弦的箭矢般，往男孩方向射去！

「奧汀大人！」攻擊來得太突然，護衛在男孩身邊的士兵想要阻擋卻已來不及了！眼看下一秒奧汀便要被敵人擊中，一名穿著黑色勁裝的男子以極快速度擋在他身前，並把迎面而來的攻擊擋開。

「是黑麒大人！」士兵歡呼著，並迅速保護起奧汀。

被黑麒擊潰的暗黑魔力把地面蝕出數個坑洞，顯示出其可怕的侵蝕性。

此時黑麒已與魔族男子交起手來，兩道身影快速得只看得到模糊的虛影。交戰間不停傳來「叮叮噹噹」的密集撞擊聲，雙方速度快得讓人看不清戰況！

奧汀皺起眉，神色凝重地說道：「這就是高階魔族嗎？竟能與黑麒戰得平分秋色。」

卻不知與黑麒對戰的魔族男子也是暗自心驚。魔族的身體素質本就比人類優秀，更何況他還是名經歷過無數戰鬥的戰士，絕不是那些才剛進化爲人形的菜鳥魔族可相比。

眞要說的話，黑麒的速度其實比魔族男子略遜一籌，可他的身法卻遠比對方靈活詭譎，總能在看起來不可能的方位攻擊或閃避，令魔族男子苦不堪言。

終於，對戰的兩道虛影分了開來，只見黑麒手持一把泛著冷光的鋼黑色匕首，至於魔族男子的指甲，則成了刀刃般的利爪！

也不知道黑麒的匕首到底是用什麼材料做成，竟然能夠硬抗魔族攻擊所帶來的侵蝕性。

看著神色冷峻的黑麒，魔族男子收起輕蔑的眼神，神色變得凝重起來，道：「想不到在這種偏遠的小鎮會遇上人類的強者。但螻蟻終究是螻蟻，我就讓你見識一下魔族與人類之間的天賦差異吧！」

隨著魔族男子的低吼，只見他一手扯破上衣，隨即本看起來與人類無異的身體上，張開了數十隻看不到眼白、整顆眼球漆黑一片的眼睛！短短數秒的變化，便讓這名長相還算英俊的魔族瞬間變得邪異猙獰。

目光與魔族男子身上的眼睛對上瞬間，眾人皆感到一陣暈眩，隨即眼前的景色竟然驟變，從綠意盎然的樹林地，變成了寸草不生的火山地！

遠處火山口內流動著熾熱的岩漿，火山熔岩的地面上一片焦黑，天空不停飄下點點灰燼與星火，就連每呼吸一口空氣都覺得咽喉熾熱難耐地疼痛，這是一幅彷如世界末日般的景象！

「是幻覺!?」

一臉戲謔地看著驚疑不定的眾人，魔族男子笑道：「是幻覺沒錯，但這也是現實。」

說罷，地面熔岩加快了流動的速度，馬上便要把眾人站立的地方淹沒。

雖然知道這只是幻覺，但由於感覺實在太真實了，因此把奧汀護衛在中心的士兵中還是走出了兩名魔法師，使出魔法盾將岩漿阻隔在外。

當岩漿觸碰到魔法盾時，發出了高熱液體急速蒸發消散的聲音，兩名魔法師面露驚容，道：「我的魔力正被岩漿抵銷！這、這些熔岩……」

奧汀嚴肅地警告道：「加強魔法防禦！這幻覺能影響人的精神，要是精神死亡了，那人也會眞正被殺死的！」

魔族男子拍手讚揚道：「眞厲害！這麼快便察覺到我精神攻擊的要訣。可是，精神攻擊最強大的地方，便是你們即使明知是幻覺也無法避免！」

說罷，男子再度往黑麒攻去！

隨著魔族男子衝前，他的身體迅速分化成多個形體，每一個不光是外形一模一樣，就連散發的氣息與殺意也沒有任何區別，根本分不清到底哪一個才是實體！

就在分裂出來的多名敵人用利爪撕裂魔法盾、將要擊中黑麒軀體的前一刻，奧汀倏地喊道：「最右邊那一個是眞的！」

黑麒毫無猶豫，奧汀的話才剛說完，他的匕首已劃破了敵人的喉嚨！

下一秒，差點要淹沒眾人的熔岩頓時消失，四周再度變回綠葉成蔭的森林。

要殺掉魔族只有兩個方法，一是用魔法把他們轟殺成無法復原的碎片；又或者是破壞妖獸的魔核、或高階魔族進化而來的心臟，不然以魔族驚人的自癒能力，他們即使頭部被斬落，仍能重生。

因此，黑麒把敵人的喉嚨劃破後並沒有住手，而是拔出武器，反手將匕首插進魔族男子的胸口！

匕首刺入男子的胸口直沒至柄，狠狠刺穿了對方的心臟。即使如此，黑麒仍是不覺保險，只見匕首傳來一陣魔力的震動，瞬間便把敵人的心臟絞碎！

這把看起來平平無奇的匕首，竟是珍貴且強大的鍊金術武器！

確定魔族男子眞的死得不能再死了以後，黑麒這才收起武器，回到奧汀身旁。

魔族男子雙眼無神地睜大，即使氣息已斷，臉上仍殘留著無法置信的神色。男子至死也搞不清楚，那名人類男孩到底是怎麼看穿他引以爲傲的瞳術。

看著死不瞑目的屍體化成灰燼隨風消散，奧汀臉上卻看不出任何勝利者應有的喜悅神情。他自知這次其實勝得很驚險，敵人的幻覺是由妖獸時期的天賦能力所進化而來的瞳術，絕對強悍異常。要是自己沒有繼承先代的能力，擁有能夠看穿眞實

的雙瞳，這次的對戰只怕是凶多吉少了。

確認安全後，將領立即發出撤退的命令。還好剛剛的戰鬥沒有持續太久，因此並未影響這次戰爭的戰果。

就在黑麒正要再度隱去身影、返回暗處保護奧汀之際，男子突然心有所感地迅速把男孩護在身後，手上的匕首二話不說便往草叢射去！

灌木密集的枝椏沙沙作響，一名男子手拿著黑麒射出的匕首，姿態悠閒地從隱身的灌木叢中步出。

如果夏思思此刻在場，她必定會認出這名看起來風塵僕僕、容貌被故意壓低的防風帽遮掩住的男子，正是那自稱流浪劍士的羅洛特！

黑麒右手一翻，像變魔術般，手中竟多了一把一模一樣的匕首。青年緊張地注視著羅洛特的一舉一動，卻沒有發現身後的男孩在看到男子現身後，緋紅的雙眼一亮，便想要往對方走過去。

雖然黑麒的心神幾乎全部放在眼前那名敵我不明的男子身上，可是身為出色的護衛，他同時也關注著奧汀的一舉一動。因此當男孩才剛邁出腳步，黑麒便立即察覺到了。

黑麒下意識想伸手攔住男孩，此時奧汀卻開口低斥：「黑麒，放下你手裡的匕首！」

雖然奧汀年紀尚小，可這孩子自幼穩重又有主見，黑麒對這名小主人是打從心底服氣的。因此奧汀命令一出，黑麒便把手一揚，本來被青年握在掌心的匕首再次像變魔術般平空消失。

雖然如此，黑麒卻沒有放下警戒與防備，仍舊維持著隨時能夠攻擊的姿勢，雙眼更是眨也不眨地緊盯著羅洛特。

羅洛特對於黑麒的敵意並不在意，邊伸手把頭上的帽子脫下，邊笑道：「奧汀，一段時間沒見，你長高了。」

看到羅洛特的眞容，黑麒雙瞳猛然一縮，立即散去一身敵意，在一眾士兵驚訝的目光中，向男子單膝跪下道：「卡特大人！」

同時，早已認出男子身分的奧汀也行禮道：「父親。」

這個化名爲羅洛特的男子，竟是緋劍家族上一任家主、奧汀的父親，卡特！

一直以來，卡特都沒有放棄要尋找讓伊妮卡與葛列格祛除魔化的方法。即使兩個孩子被老夫人丟棄了，男子也不曾放棄任何希望。

這也是爲什麼卡特明明仍然健在，但爵位卻早早交由奧汀繼承。

雖然爵位已交給奧汀繼承，可身爲初代勇者的後代，卡特的身分在王國中仍舊尊貴。這也是他能夠獲得保存在王城裡的生命樹葉，並用以作爲生命藥劑主材料的緣故。

可惜藥劑的效果不完全，那時正巧卡特遇上了喬裝打扮的大祭司與勇者，於是男子便把藥劑交至他們手上，期望這位傳聞連龍族也能搭上的勇者大人能夠再次創造奇蹟。

希爾達非常痛恨丈夫爲了伊妮卡兩姊弟經常在外奔波，但她也知道在這件事情上，丈夫其實對她是有怨懟的。因此這個善於操弄的女人並沒有直接向卡特表達不滿，改而唆使奧汀開口挽留卡特。那時奧汀並不知道兄姊的事情，看在母親的面子上，他也多次利用緋劍伯爵的權力找出父親的所在，並把情報透露給希爾達知道。

至於希爾達是眞的關心丈夫的行蹤，還是想從中尋找線索加害有機會動搖奧汀地位的伊妮卡與葛列格，那就不得而知了。

世人對魔族的仇視、妻子對一對兒女的殺意，讓卡特開始隱藏行蹤，不讓妻子與奧汀知曉。與夏思思相識時，卡特之所以會使用化名也是這緣故，畢竟緋劍伯爵認識勇者大人一事早已不是新聞，有了這層關係，卡特也要防著希爾達能從中獲得藥劑的訊息。

其實不光是伊妮卡與葛列格，對於奧汀這個么子，卡特也有著一股歉疚。多年來四處漂泊的他，讓孩子的童年缺乏了父親的陪伴，即使是他在家裡的日子，也因爲害怕奧汀受希爾達功利的性格影響，因此總是忙於教導兒子正確的人生觀，結果不知不覺間便造就奧汀老成持重的個性。

想到這裡，卡特滿臉疼愛地伸手揉了揉奧汀那遺傳自己的緋色短髮。

雖然奧汀還是個孩子，但他卻很少被人當作孩子對待。男孩害羞之餘卻又有點高興，且仰首向卡特說道：「父親，我已經知道葛列格哥哥他們事情的眞相了。」

卡特摸著孩子頭的手倏地停下，由於四周還有一些保護奧汀的士兵，因此男子並沒有把話說得太白，只是詢問道：「那你知不知道……你母親一直覺得……」

「父親，無論如何，他們是我的親人，這點是不會改變的。」奧汀伸手把男子停留在他頭上的手拉下。

卡特的手很寬大，這雙手總能帶給奧汀無限安心的感覺。可這一次男孩握住父親的手，卻不是爲了從中取得安全感。相反地，這一次奧汀這樣做，是希望卡特能夠感受到他的支持：「這一次，我覺得母親錯了。」

聽著兒子的話，感受到奧汀動作中那無言的支持，卡特不禁再次感慨，他的小兒子眞的長大了！

奧汀突然想起，「對了！父親是否有收到來自王城的傳召令？」說罷，小小的伯爵露出了擔憂的神情。

奧汀收到傳召令以後，適逢妖獸潮的來臨，這讓男孩不禁要把兩件事情聯想在一起，對於傳召的目的也開始往負面的方向想去。他忍不住對此滿心憂慮。

到底陛下突然傳召他回城會有什麼事情呢？

雖然爲了帶給對方驚喜，布萊恩陛下下達傳召令時並沒有告訴他們葛列格二人的事，可是卡特的人生閱歷終究比小兒子豐富得多，再加上他可說是看著陛下長大

的，因此倒是能從通訊用的魔法卷軸傳來的隻字片語中聽出一點蛛絲馬跡。即使不知道到底是什麼事情，但至少他還是能確定先前王城傳召他們回去時，並不是出於任何不好的原因。

看著奧汀糾結的神情，卡特安慰道：「別想太多了，有什麼事情我們只要回到王城便能知道。」

說罷，卡特收起了笑容，一臉嚴肅地詢問：「這段路程我想要沿途收編一些戰力，這需要用到『緋劍伯爵』的權力與號召力。奧汀，你能幫我嗎？」

奧汀頷首道：「請交給我吧！」

看兒子一副小大人似的神情，卡特輕笑道：「感覺還真是可靠呢！那就拜託你了。」

ch.2
失落的王城

世界各地都受到魔族攻擊的同時，勇者一行人在佛洛德使魔的幫助下，成功從王城轉移至遙遠的封印之地。

經歷了穿越空間隧道的短暫黑暗後，眾人舉目一看，見到四周景色後全都神色大變，露出了無法置信的神情。

鑒於闇之神已經甦醒，因此在傳送前眾人已做好心理準備，即使看見再怎麼恐怖的末世情景，也不會讓他們產生動搖。偏偏勇者一行人觸目所見的卻不是他們預期中的荒蕪或是魔族橫行的情景，眾人身處的竟是一個熱鬧無比、車水馬龍的城鎮！

人來人往的街道充滿活力，運載著各種貨物的馬車之間，偶爾會看到貴族的華麗馬車出現。人民和平地生活著，一點兒也沒有如先前在王城所獲得的情報般，受到魔族攻擊的樣子。

艾莉立即嘗試用祕銀聯絡王城，可通訊卻受到了不明干擾，雖然仍能使用，卻無法與留在王城的部分聯繫上。

埃德加見狀，試著使用瑪麗亞贈送的鍊金工具進行通訊，可惜結果仍是一樣。

面對如此詭異不明的狀況，夏思思將魔力化為淡薄的水霧，並將其擴散至四周，以便隨時感應著附近的動向。藍兒甦醒後，少女終於能隨心所欲地使用水系魔法了！

「難、難道我們被傳送至別的城鎮了嗎？」凱文目瞪口呆地看著川流不息的人群，混亂得理不出任何頭緒。

「小小事情便驚惶失措，眞是沒出息！」雖然自己也感到很震驚，但艾莉卻絕不放過任何嘲諷對方的機會。

埃德加攔住了一名正要從他身旁走過的男子，詢問：「請問這兒是哪裡？」男子奇怪地看了看勇者一行人，回答道：「這裡不就是王城嗎？別鬧了，我很忙，沒空。」說罷，便繞過埃德加急步離開，嘴巴還小聲罵道：「什麼人，眞是有病……」

埃德加雖然看起來很不好相處，卻不是個會與普通人斤斤計較的人，他沒有理會男子那不算友好的態度，將注意力全都放在剛剛聽到的驚人事實中，他道：「這裡……是王城？」

因爲太驚訝了，反而讓眾人忽略了一個事實——埃德加明明穿著代表著聖騎士身分的銀甲，可這男子卻沒有絲毫應有的敬畏，甚至還冷言相向，那種表現簡直就像完全不清楚青年的身分！

雖然男子說這裡是王城，而且眼前所見也確實是一片繁華的景象，但相較於眾人印象中的王城，還是有著不小的差距，無論是建築物還是人民的衣著，都看不出王城的影子。

奈伊護在夏思思身旁，小心翼翼地警戒著，並且利用魔族特有的感應力，感受著熙熙攘攘人群的生命力，卻發現這些人與一般民眾沒有分別，每個人都有著獨特的氣息。

「有點奇怪……」

聽到奈伊的喃喃自語，艾莉翻了翻白眼，道：「這不是廢話嗎？拜託說話前先用腦子想想，難道在封印之地突然多出一座『王城』，你會覺得很正常？」

面對艾莉一如既往的毒舌，奈伊好脾氣地解釋道：「雖然我能夠感受到這些人的生命力，可是總覺得他們與我平常所感覺到的有所不同……該怎麼說呢……他們沒那麼『美味』。」

說罷，青年還下意識地舔了舔嘴唇，頗有些變態的感覺。

眾人在聽到奈伊的發言時，不禁嘴角一抽。跟隨勇者的時間漸久，奈伊已順利融入了人類的生活，這種怪異的言行已經很久沒有出現過了。現在再次聽到，實在有種奇異的懷念感啊……

看到同伴們一臉怪異，奈伊想了想，隨即很貼心地解釋了一句，道：「放心，我不吃人肉的。」

他不解釋還好，如此一說，眾人的表情就更加古怪了。

夏思思因爲這似曾相識的台詞而回想起初遇奈伊時的情景，當時她的表情大概正與此刻眾人的神情一樣吧？一想到這裡，少女不禁噗哧地笑了出來。

埃德加假咳了聲，言簡意賅地說道：「解釋。」

奈伊疑惑地眨了眨眼睛，對於同伴的反應不明所以，但還是乖乖地解說道：「雖然高階魔族能夠吸收天地間純粹的暗黑元素，亦能吃普通的食物裹腹，但人類的負面情緒對我們仍有著一定的吸引力。就像……雖然你們不會用甜品來當正餐，

但看見甜品時仍會覺得美味。」

夏思思道：「誰說的？用甜品來當正餐我一點兒也沒問題啊！」

埃德加皺起眉，道：「思思妳別插話！奈伊，你繼續說。」

見聖騎士長好像有點不高興了，奈伊下意識地直了直身子，續道：「所以……嗯……我剛剛說到哪裡了？」

夏思思忍不住大笑道：「說到甜品！」

對方是打不得、罵不得的勇者大人，她硬是要插話，埃德加也拿她無可奈何，只是表情變得冷了起來。

泰勒驚懼地縮了縮身子，歸隊不久的他，至今仍未能習慣夏思思對待埃德加的隨意態度。

這女孩果真不愧爲勇者！至少自己是沒有這種勇氣……

艾莉卻是覺得很有趣地掩嘴偷笑，要不是懾於隊長大人的威望，這名唯恐天下不亂的女子只怕還會加把勁地搧風點火。

凱文則習以爲常地充當調解人的角色，道：「奈伊，你別聽思思胡說，你剛剛正在解釋為什麼會覺得人類……咳！覺得人類美味。」

奈伊恍然大悟，終於想起被岔題前到底在說什麼了，「總而言之，人類的負面情緒或多或少還是能吸引我，只是這裡的人卻讓我產生不了食慾。他們給我的感覺就像一杯清水般淡而無味。」

眾人聞言，皆皺起了眉頭，這裡的人和建築物，無論是觸感還是視覺上都是眞實的，如果那名男子說這裡是其他城鎮，眾人說不定已經相信。可是對方卻說這裡是王城，這讓熟知王城的勇者一行人一眼便看出不對勁。

「小埃，有魔法能把幻象變得像眞的一樣，可以觸碰撫摸的嗎？」夏思思詢問。

嚴格來說，少女雖然是眾人之中唯一的魔法師，對於魔法的事情應該要屬她最為了解，可惜夏思思老是仗著一身強大的魔力與水靈的幫助，屢屢走捷徑，對於魔法的基礎知識反而不如埃德加了解。

對於這點，埃德加已經懶得說她了，聽到少女的詢問，騎士長淡淡地回答道：「可以，但如果要做出一整座城鎮的幻覺，而且還要如同實物般能夠觸摸，我想世上沒有任何魔法師做得到。」

「可是我們要對付的是神明。世人無法做到的事，不代表闇之神做不到。正是因爲神明能夠辦到人類認爲不可能發生的事，所以才稱之爲神吧？不然神蹟是怎樣來的？」

夏思思說罷，突然露出了「見鬼」般的驚嚇神情，伸手指了指他們剛剛經過的店舖，道：「看！」

眾人立即回頭察看，但觸目所及依舊是川流不息的行人，看不出任何特別之處。

「怎麼了？」

「那個女孩子、還有那穿著黃衣的男子，剛剛就已經經過這邊了！還有店舖前打鐵的鐵匠，他現在打造的器具與我們剛剛看到的一模一樣……難道這裡正不停地重複著特定的情景!?」

如果是別人，也許並不會注意到這些細節，可是對於擁有超凡記憶力的夏思思來說，無論是行人的衣著、容貌，還是他們的神態舉止，都像攝錄起來的影像般清晰，所以一下子便被她察覺出事情的不尋常。

眾人雖然沒有夏思思的強大記憶力，可是他們很快便證實了少女所言非虛。因爲先前被埃德加攔截著問話的男子，正再次從不遠處急步迎面走來。

埃德加心念一動，上前攔截住那名男子，詢問：「請問這兒是哪裡？」

男子以一副從沒見過埃德加的神情，用著與先前一模一樣的口氣回答道：「這裡不就是王城嗎？別鬧了，我很忙，沒空。」

說罷，男子便繞過埃德加急步離開，嘴巴還小聲重複著先前的話，罵道：「什麼人，眞是有病……」

眾人面面相覷，沉默了好一會兒，最終凱文以乾啞的聲音說：「好吧！至少我們可以確定在這座城鎭所看到的都不是眞實的，應該是由某人創造出來的幻象。」

雖然這裡的人能進行簡單的對答，卻無法打破時空的規律，因此每隔一段時間，幻象便會洗牌重來，因而那名男子才會認不出不久前剛向他問話的埃德加，回答騎士長的話語也像先前般一模一樣！

艾莉撇了撇嘴，道：「那目的呢？」

凱文愣了愣，隨即不確定地說道：「迷惑我們，讓我們找不到正確的路？」

艾莉嗤之以鼻，道：「又是廢話，如果只是爲了把我們困住，需要如此大手筆

地弄出一座假的城鎮來嗎？而且這麼大的城鎮都弄出來了，爲什麼不弄一座眞正的王城假象出來？那不是更能騙人嗎？」

夏思思卻是羨慕不已，她道：「這種能力眞不錯！要是我也能做出這麼眞實的幻象，那麼與敵人作戰時，便可以欺騙敵人的視覺，把懸崖變成平地、將攻擊化爲虛無，包準可以快捷又方便地虐死對方！」

少女的話讓眾人不禁生起一股驚慄感。還好創造出這些幻象的人沒有如夏思思所說般，用這種方法對付他們，不然猝不及防下倒眞的是場大危機。

一直尾隨在眾人身後、沒有參與討論的米高，似乎對於幻象很感興趣，只見他仔細觀察四周後，便走向艾莉小聲說道：「艾莉，我、我有些事情想說……」

泰勒一直看不慣米高那副唯唯諾諾的模樣，忍不住斥責道：「你有什麼事情直接大聲說出來就好了！每次都讓艾莉轉告我們是怎麼一回事!?」

泰勒的嗓子本來就大，此刻帶有斥責成分的話一出口，聽起來便像是怒吼一般，嚇得米高本就蒼白的臉色頓時更是慘白了，驚惶地把想說的話吞回肚子裡。

自從瑪麗亞死後，艾莉便把保護米高視作她的責任，看到米高被泰勒嚇得不

輕，女子立即像是護崽的母獸般扠起了腰喝斥：「泰勒，你別嚇他！米高並不擅長與人相處，而且他是文弱的研究人員，不像你這種粗魯的傻大個！」

罵過泰勒以後，艾莉便恨鐵不成鋼地轉而向米高低斥：「米高你也有不對！既然你決定隨行，那麼我們便是屬於同一個團隊的同伴，有什麼事情不能大大方方地直接向大家說呢？」

面對著艾莉鼓勵的視線，米高緊張地看了下眾人後，便期期艾艾地說道：「是這樣的……剛剛我用元素探測儀測試了一下，這裡的幻象是闇元素與魔力的結合體；以其鬆散的構成看來，這應是魔力持有者意外創造出來的產物，而且形成時間絕不少於三百年……」

本來畏畏縮縮的少年在解說時卻逐漸散發出強大的自信，此刻的米高，說著說著竟然變得神采飛揚起來。

「你的意思是這些幻象是因爲吸納了盤踞於封印之地的闇元素，並與某人的魔力結合，經過漫長的歲月之後逐漸形成城鎮的幻象嗎？」埃德加問。

平常面對著冰山隊長，米高總是一副不自在的神情。但這次涉及他的專業領

域，少年卻像變了一個人般侃侃而談，道：「我認爲是的，也只有這樣才能解釋幻象的奇怪結構。」

夏思思若有所思地說道：「在我的世界裡，有一個叫作印度的地方，那裡有則傳說說過世上萬物其實只是一個名叫梵天的神祇所作的夢境，所有人都活在他的夢裡。因此當梵天夢醒之時，便是世界終結的時候。」

頓了頓，少女續道：「這裡只封印著闇之神一人，會不會這些幻象如同地球的神話故事般，是神明沉睡時所作的夢境？強大的意念與魔力結合，並凝聚這裡的闇元素，長年累月下來造成如此壯觀的幻境，聽起來其實也不算太難以接受的事。」

凱文卻有著不贊同的意見，他道：「如果這些幻象眞是闇之神的夢境，那也應該是殘殺人類的戰爭場面，又怎會是如此繁華的盛世？」

夏思思笑了笑卻沒有說話。少女無法告訴同伴們，闇之神一生中所度過最愉快、最讓他懷念的時光，也許便是與卡斯帕及喬納森一起生活的那段時間吧？

無法解答凱文疑問的少女只能補充道：「根據傳說，這個地方在很久以前曾是某個小國的王城，那會不會是盤踞在這裡的闇元素之力，無形中把當年城鎮的影像重現於我們面前？」夏思思沒有說出來的是，傳說中用來封印闇之神的王城，正是奧斯頓王國的王都所在！

有了這裡是「過去王城」的這個概念，埃德加等人也逐漸察覺到幻象中與現實不同的細節。先前他們早已覺得這座城鎮給他們奇怪的感覺，現在終於知道爲什麼了。因爲無論是人民的服飾，還是建築物的樣式，甚至是來往馬車的款式，全都非常古舊，簡直就像在看古籍中的圖畫一樣。

雖然想不明白，但眾人還是不得不承認如果要說有誰能夠在封印之地弄出如此大型的幻境，那恐怕也只有羅奈爾得了。

這麼大的城鎮，幻象中的人們甚至還能進行簡單對答，這是怎樣大的手筆啊!?要是這還不算神蹟，那也沒有什麼事情能夠稱爲神蹟了。

這也給勇者等人敲響了警鐘，雖說這幻象是得益於凝聚在這兒的闇元素，卻能從中看出羅奈爾得的力量到底有多強大。前幾任勇者只是要加固封印還算好，可是現在他們卻要與一名神明爭鬥，他們眞的擁有擊敗闇之神的實力嗎？

姑且不論這個幻境是否爲羅奈爾得故意設置在這兒的，也不管它有沒有攻擊

力，這些幻象阻擋住勇者一行人前進卻是鐵一般的事實。要找到闇之神，首先便要破解這個幻境！

夏思思提議道：「如果這裡眞的是王城的幻象，我們就往城堡方向走吧！那是王城的核心，我有預感要是有破解幻象的契機，應該會在那裡。」

據少女猜測，這個幻象中的王城不是屬於奧斯頓王國的，便是菲利克斯帝國，不過，夏思思記得卡斯帕等人投靠至菲利克斯帝國時，已是以「眞神」自居的了。可是少女走了這麼久，卻沒有看到任何教廷分部，就連祭司與聖騎士也未曾遇見，因此少女推測這裡應該是早已滅亡的奧斯頓王國。

如果這些幻象眞的混雜了闇之神的意志，這時仍屬少年時代的羅奈爾得等人應該身處城堡中。

埃德加等人當然不知道少女的提議還有著這一層含意，但他們一時間也拿這個幻境沒辦法，因此也就順著夏思思的建議，決定往城堡方向走去。

一般來說，城堡皆建於王城正中心，這是這片大陸上所有國家的傳統。因此眾

人不須猶疑，只要往內城區裡走，便能夠輕而易舉地找到城堡所在。

眾人倒是對於怎樣混入城堡感到有點困擾，要是幻境裡的人真依照羅奈爾得的記憶活動，自己這群人若輕率闖進城堡裡，絕對會被守衛在城堡的士兵群起攻擊！

雖然不知道幻象是否真能殺人，可是一想到觸及幻境內景物的真實感，眾人還是不想去挑戰這個可能性。

當一行人來到城堡前，他們卻發現先前的擔心全都是多餘的。

聳立在眼前的城堡宏偉壯麗，外牆大量誇張的雕塑與裝飾，讓夏思思想起那個在卡斯帕口中好大喜功的暴君艾布特。

然而城堡附近卻不見一人，不止如此，一道濃厚的黑霧遮掩了主堡建築，佔據了城堡至少三分之二的面積！

艾莉問：「米高，能夠偵測出這些黑霧是由什麼物質組成的嗎？」

從看到黑霧起，臉上便露出充滿求知慾神情的米高聞言點頭道：「我試試。」

少年邊說邊拉起左手衣袖，在他那隻長年沒曬陽光、蒼白得隱隱看得見血管的手腕上，戴有一隻外型類似手錶的道具，而這正是先前米高所提過的元素探測儀。

元素探測儀與手錶外型最大的不同，便是它只有一支指針。據米高解釋，這指針所指示的不同位置，皆代表著不同屬性的能量；而錶面變幻著的顏色，則代表一些更爲複雜的詳細數據。

雖然這些數據除了米高便沒有人看得懂，但看到少年激動的神色，眾人已猜到這些黑霧必定不簡單！

眾人對於米高的測試結果很好奇，這個一直沒被大伙兒重視的少年，此刻成了一行人離開幻境的希望，但誰也不敢輕率地出言詢問，深怕他們的發問會打斷少年的思緒。就連從沒掩飾對米高輕視態度的泰勒，也不禁放輕呼吸，看著少年的眼神已沒了一開始的鄙視。

也許米高的性情確實過於軟弱，但在他擅長的領域上，卻有著足以讓他驕傲的資本。泰勒從來只佩服強者，米高出色的表現已在無形中獲得了泰勒的認同。

米高利用探測儀在黑霧前測量片刻，沉思良久才解釋道：「以魔力的濃度來看，這黑霧正是幻境的魔力來源，也是離開幻境的唯一關鍵。只要能破壞它，這些阻撓我們視線的幻境便會自動破碎。」

夏思思感嘆道：「早知道傳送後會是這種狀況，我便讓佛洛德留下使魔了。」

米高搖了搖頭，道：「即使把佛洛德大人的使魔留下來也沒用，根據我的推測，使魔只能連繫幻境外圍闇元素比較稀薄的空間，卻無法越過幻境，闖入封印之地的中心位置。」

「能找到破壞方法嗎？」聽到米高的話，埃德加並沒有如夏思思般面露失望。身為經常在生與死之間徘徊的軍人，他早習慣了面對各式各樣的挑戰。對埃德加來說，這些黑霧並不可怕，至少這給了大家離開幻境的希望，總比茫無頭緒來得好。

米高一臉為難地回答：「很難……這些黑霧就像魔力的風暴，要是驟然闖入，絕對會被狂暴的元素撕成碎片。不過，或許艾莉姊的祕銀可以試試看。」

艾莉當然不會做出直接用祕銀覆蓋全身後便往黑霧裡跑這種冒險舉動，她把祕銀分裂出一顆很小的銀珠，接著將其射向黑霧之中。

然而不到十秒，艾莉卻神色一變，並且立即把深入黑霧的銀珠召回來！

只是短短幾個呼吸的時間，抗魔能力極高的祕銀竟被黑霧侵蝕出一個個黑褐色斑點，看起來就像顆長滿鐵鏽的鐵珠！

ch.3
幻之黑霧

「天！這些黑霧的侵蝕能力都比得上我的硫酸……咳！聖水了！」因爲太驚訝了，夏思思差點兒便不小心把心中所想的話脫口而出。少女來到這個世界已有一年多了，還是首次看到素來無往不利的祕銀受到損傷。

先前夏思思的話只是有感而發，可是提及聖水以後，卻覺得這似乎是個不錯的主意。「藍兒，聖水的分量都恢復了嗎？」

平常夏思思可不理會自己消耗了多少聖水，用了也就用了。然而上次她一下子幾乎把聖水全都用光也實在太狠了點，要不是藍兒搶救得及時的話，聖水的水種可是連一丁點也不會留下來，因此這次她在動手前不由得先詢問了一聲。

藍光一閃，小小的元素精靈現身於少女髮畔，看著夏思思的神情簡直就像看著壓榨勞工的萬惡財主。

想到聖水不久前才被自己很豪爽地用得幾乎一滴也不剩，在水靈幽怨的注視下，夏思思心虛地移開了視線。

藍兒看著雙目到處亂瞄，也不知道在打著什麼鬼主意的夏思思，無奈地嘆了口氣。她不知道自己到底算是幸運還是不幸，竟然讓她遇上夏思思這麼一個極品。雖然經常被夏思思氣得牙癢癢，卻又不忍心拒絕她的要求。也許是因爲夏思思每次找她幫忙的時候，那老實不客氣的態度總是充滿著令人無法拒絕的親暱與信任吧？

本來想戲弄夏思思讓她著急一下，結果還未開始，看到少女心虛不安的樣子，水靈便先心軟了。何況她也知道現在並不是開玩笑的好時機，因此水靈老實告知了夏思思聖水的分量已經沒問題後，便再度返回少女的長髮裡。

「思思，妳想用聖水來驅散這些黑霧嗎？」奈伊問。

夏思思點了點頭，道：「是有這種想法。奈伊，你覺得可行嗎？」

聖水與這些黑霧所造成的效果雖然非常相似，但在本質上卻有著根本的不同。聖水的能力是把萬物徹底淨化，而黑霧則是將物件破壞侵蝕。但無論如何，如果要說有什麼物質能夠與這些連祕銀也能侵蝕的黑霧對抗，夏思思就只想到聖水了。

奈伊一臉苦惱地觀察著這濃得就像在水中化不開的墨水般的黑霧，不確定地回答：「這些黑霧雖然透著魔族的氣息，可主要卻是由闇元素長年累月凝聚而成的，力量非常強大，我也不確定聖水對它到底有沒有用處。」

被夏思思抱在懷裡的小妖，聽到奈伊的話以後鳴叫了聲，臉上更露出很人性化

的嘲諷神情，顯然是很看不起奈伊那說了等於沒說的話。

眞行！連最強雷達也失靈了，不要說重新把闇之神封印什麼的，現在大家就困在人家的大門前闖不進去，這到底是什麼狀況啊？

「那……那個……」不是處於講解狀況，只是正常談話時，米高立即從自信滿滿的天才變回懦弱膽怯的少年。只見他在先前被艾莉數落了一番後，終於鼓起勇氣主動發言，可惜過低的音量，以及他縮起來的小身子，實在很難喚起眾人的注意。

最後還是一行人中聽力最好的奈伊察覺到少年的欲言又止，成功解除了他的困窘，道：「米高？你有事嗎？」

「是、是這樣的，雖然勇者大人的想法很好，聖水確實很有可能能夠淨化這些黑霧，不過我想有些事我應該告訴大家……呃……我是善意的，絕對沒有任何不服從勇者大人的意思……」米高叨叨不休，說來說去卻說不到重點。

「說重點！」聽得不耐煩的冰山隊長終於忍不住爆發了。

「是！很對不起！」被埃德加不善的眼神嚇得立即道歉，米高再也顧不得預計要說的一大堆廢話，立即把要說的事情全盤托出，道：「聖水的力量會刺激到黑霧，如果無法成功淨化黑霧，可能會讓黑霧變得具攻擊性也說不定！」

泰勒小聲嘀咕道：「那麼簡單的事情直說出來多好，怎麼之前那麼多廢話？」

雖然泰勒一番話自認說得很小聲，但以他的大嗓門來說，再小聲還是讓所有人都聽見了，害臉皮薄的米高尷尬得想找個洞鑽進去。

其實泰勒刻意放低音量，已是對米高的能力有了初步認同的表現。不然以他的性格，哪還不大刺刺地指著少年的鼻子批評呢！

夏思思歪了歪頭，道：「你的意思是失敗的話會變得很危險？」

米高直點頭，道：「受到刺激，說不定黑霧會產生危害我們生命的變化。」

少女頷首示意了解，隨即把視線投向一眾同伴，道：「大家怎麼看？」

奈伊最快表態，「我聽思思的。」

眞是一點新意也沒有的答案……

埃德加沉思片刻，道：「想要什麼風險都沒有的這種想法是不切實際的，現在沒有太多時間讓我們浪費。只要晚一刻重新封印闇之神，對方便會多恢復一分實力，國家也會多受一刻魔族的侵害。」

聽到隊長的話，泰勒與凱文贊同地點了點頭。

「試試吧！大不了出事時我用祕銀保護大家，即使無法完全防禦黑霧的侵蝕，但爭取一下時間總可以吧？」艾莉拍了拍心口保證，這動作出現在成長以後的她身上，立即便是一陣波濤洶湧，讓一眾在場男性尷尬地移開了視線。

眾人一致通過嘗試一下的決議，反倒是提出提案的夏思思在聽了米高的話以後有點退縮。不過看同伴們皆是一副鬥志滿滿的模樣，她最終還是認命般地嘆了口氣道：「罷了，反正也想不到其他方法，就試一下吧！」

作為幻境中心的黑霧是很強大沒錯，但聖水與黑霧一樣同屬長年累月下以元素凝聚而成的神奇產物，應該不會比黑霧遜色吧!?

夏思思決定拚了！

達成共識後，夏思思便把裝有聖水的水囊交給奈伊，道：「奈伊，你的體格最好，保險起見，往黑霧潑聖水的任務便交給你了，好好幹喔！」

夏思思的話讓幾名聖騎士嘴角一抽，但大家還是不約而同地選擇忽略少女那副

往敵人身上潑硫酸毀容的架勢。

夏思思把危險的事情淨往自己身上丟，奈伊不但不生氣，反而還喜孜孜地反問：「我的體格最好，那有沒有給思思妳安全感？」

「啪叭！」那是米高被奈伊的話驚得不小心滑倒在地上的聲音……

夏思思面對這個猶如大型犬突然撲來撒嬌的境況早已處之泰然，只見少女笑盈盈地道：「當然，所以你要好好保護我呢！」

「嗯！放心交給我吧！」

看著因獲得少女的肯定而笑逐顏開的魔族，米高忽然覺得這個世界眞的太瘋狂了！這到底是什麼跟什麼啊!?

在這種充滿危險的狀況下，你這個魔族被勇者迷得暈頭轉向去爲她拚命，這樣好嗎!?

米高眞想大聲吐槽，不過他性子懦弱，再加上無論是夏思思這個勇者，還是奈伊這名高階魔族，都不是他惹得起的，因此只能在肚子裡暗暗腹誹。

從夏思思手中獲得重要任務後，奈伊一臉嚴肅地打開水囊蓋子。此時夏思思等人已退至安全範圍外，奈伊身旁只剩下凌空飄浮的祕銀陪伴。

奈伊雖然神情肅穆，卻看不出任何畏縮之態。他並不是不怕死，相反地，他非常珍惜生命，因爲死亡便意味著要與最喜歡的夏思思分開。可當事情危及少女的安全時，奈伊卻絕不會吝惜他的性命！

即使看起來很不可靠，但奈伊允諾成爲勇者的護衛時，早已有了爲夏思思捨棄生命的心理準備。

見同伴都退開後，奈伊沒有絲毫猶豫，甩手便把聖水往黑霧潑去！

在聖水觸及黑霧的瞬間，包圍著城堡主樓的黑霧猛然收縮，不出數秒便激烈地鼓動起來，更傳出一聲聲淒厲得駭人的尖叫！看起來簡直就像頭受到攻擊而痛苦得收縮起身子、隨即因劇痛而變得張牙舞爪的野獸！

這團黑霧竟是活的！

只見發出淡淡光芒的聖水在黑霧中非常亮眼，它變成了一道透著聖潔氣息的銀白漩渦，不停把黑霧捲進去吞併淨化。激烈變換著不同形態的黑霧，發出陣陣憤怒的尖叫，極力想要往外逃，卻逃不開那只有籃球般大小的漩渦。

此時奈伊已安全回到夏思思身畔，並把留有一點聖水的水囊還給少女。

黑霧像遇上太陽的初雪般迅速消散，很快便被聖水淨化了足有五分之一的分量，那眞實得無懈可擊的王城幻象開始扭曲潰散！

「呃……我想吐……」身子最嬌弱的米高首先撐不住，預告了一聲後便彎腰大吐特吐起來。

幻象的扭曲不止是在視覺上，即使閉上眼睛也能感受到非常眞實的浮動感。也許就如同夏思思所說的故事，只要繼續給予這些幻象充分的時間與魔力成長，也許終有一天會像地球上那位名爲梵天的神祇的傳說般，從一個單純的幻象成長爲一個新的眞實世界吧？

幻象逐漸潰散，率先消失的是行人，隨即馬車、路邊的店舖與住宅，甚至人工鋪設的道路與路邊的花草也逐漸消失，露出封印之地那長期受到闇元素侵蝕的貧瘠地貌。

直至此時夏思思才看清，他們身處的是一片什麼都沒有的荒蕪山脈，遠方還能

看到守護著封印之地與人類邊界的西方要塞。

聖水不斷淨化，黑霧的掙扎也變得益發激烈。此刻它就像頭顯露獠牙的垂死野獸般不停地張牙舞爪，嚇得夏思思拉著遠離黑霧的眾人再度後退了點。正所謂兔子被逼急了也會咬人，何況這黑霧一看便知道絕不是隻友善可愛的小白兔。

聖水形成的漩渦是能夠成功淨化黑霧，然而在黑霧被大幅淨化的同時，卻也在削弱著聖水的力量。

兩者對決下，黑霧的質量雖然比不上聖水，但卻能以數量取勝。當黑霧的體積被淨化至只剩下一顆籃球般大小時，形成銀色漩渦的聖水卻已先一步被耗盡了！

失去漩渦的約束，黑霧「波」地一聲四散開去，瞬間便把眾人包裹在濃霧中！

從聖水化成漩渦把黑霧吞噬，至黑霧掙脫了束縛四散開來，其實也只是十多秒的事情，水靈根本來不及恢復聖水的分量。幸好蓄勢待發的艾莉見機快，在黑霧散開的同時，及時把祕銀覆蓋在眾人身上。不然有魔力護身的勇者等人也許短時間內沒事，但手無縛雞之力的米高卻會被侵蝕成一灘血水！

力量大減、被聖水淨化得只剩下小小部分的黑霧，再也無法對祕銀造成任何傷

害。但眾人雖然受到祕銀的保護，不怕被黑霧的力量侵蝕，可是在它的包圍下，眼前只剩一片漆黑，這種環境讓人忍不住心生懼意。

夏思思看著身旁的同伴消失於黑暗中，明明剛才他們所在的位置就在少女身旁，可是她伸出雙手卻觸摸不到任何事物。彷彿身邊的人並不是被黑暗阻隔所以看不見，而是眞的平空消失了！

「奈伊！艾莉！你們在嗎？」夏思思大聲叫喚著剛剛與她站得最近的兩名同伴，可惜卻無法獲得任何回應。

由於有了先前的幻境作爲前車之鑑，相較於同伴被轉移至其他地方，她更相信這是因爲黑霧除了能夠屏蔽視覺，還能夠擾亂觸覺與聽覺的緣故。

然而知道是一回事，親身感受著這種看不見、聽不見、觸不到的環境，對於人的精神來說還是有很大的壓迫感。何況闇元素本身就不是令人舒服的元素，即使有了祕銀的保護，那種滲入骨子裡的陰冷感還是讓人很不舒服。

失去五感的環境，令人難以準確掌握時間的流逝，彷彿過了很久，卻又像只經過了數分鐘的時間，夏思思開始耐不住死寂般的黑暗，心底深處漸漸生起了不安與

恐懼。

即使黑霧無法破開祕銀的防護，但如果繼續這樣子困住他們，長時間下來就算是鐵打的精神只怕也會錯亂。

夏思思開始嘗試用魔法驅逐這片令人窒息的黑暗。可無論她使出什麼系別的魔法，總是一出手便石沉大海，無聲無息地湮沒在無盡的黑暗中。少女暗暗咋舌的同時，不禁慶幸黑霧先前已被聖水重創，否則以它對眾人的影響力，也許此時便不是只感到陰冷這麼簡單了。

多次試驗無果後，最終夏思思只得放棄用魔法擊散黑霧的想法，開始尋找其他離開的手段。

以夏思思的認知，至今唯一確定能夠對黑霧造成傷害的，就只有聖水的淨化能力。可惜在潑出聖水後，少女便把水囊交給水靈管理，藍兒爲了能盡快回復聖水的分量，便將其放入她在夏思思長髮裡開闢的一個用來藏身的小空間裡。

現在只有依靠藍兒了，希望她快點讓聖水恢復足夠的分量來驅散這些黑霧吧！

在空無一人的虛空中，夏思思邊尋找出路，邊強迫自己想事情來分散注意力。

離開王城時，魔族已開始發動攻勢，不知道留在城堡的大家是否安好？

小埃與泰勒那麼怕鬼，身處黑暗中會不會害怕呢？

對奈伊來說，這種充斥闇元素的狀況，應該是一個很舒適的環境吧？真是人比人，氣死人！

最近艾莉身上發生很多事，希望她不要胡思亂想才好。

凱文一向以小埃馬首是瞻，現在獨自一人不知會不會無所適從？

米高的意志力似乎是眾人之中最薄弱的，要是他能夠捱過去的話……那還真是有點意思。

夏思思那顆聰明的腦袋瓜閃過眾多不同念頭，隨即她忽然發現自己所思所想的，竟全都是在這個世界所結識的同伴！

小時候，夏思思的父母被殺，自己更被人當作商品販賣，小小年紀的她可說是在一瞬間變得一無所有。

然而最讓夏思思心寒的是，當她在看到自己父母死狀淒慘的屍體時，既驚惶又

惋惜——驚恐於仇家的心狠手辣，惋惜父母這種擁有才華的科學家英年早逝——可是卻沒有身爲子女應有的傷心與難過。

原來她與父母的感情，已經陌生疏離至這種程度了嗎？

後來她在因緣際會下被夜收留，本來一無所有的自己，忽然多了很多珍貴的東西。

孑然一身的她，除了多了夜這個親人外，還多了許多疼愛她的兄長，也讓她初次感受到眞正的親情，縱使他們彼此之間並沒有血緣關係。

可當她以爲自己能夠獲得幸福時，最重要的東西卻又再度離她而去。

她忘不了夜看著自己時的寵溺眼神，忘不了他的笑容，忘不了他離開時在自己額上落下的那個吻。

那種溫馨的感覺，夏思思一輩子也無法忘懷。

她本以爲她會懷著對夜的思念，平平淡淡地活一輩子，可是上天卻對她開了一個玩笑，某天，一名神明跑到她的屋子裡，霸道地將她拐至異世界當勇者！

然後不知不覺中，她又再度獲得了足以讓她珍視的寶物。然而這一次，她還是

要眼睜睜看著重視的人離開，卻什麼也做不到嗎？

不！不可以！她已經厭倦了當那個被留下來的人了！

「小埃！奈伊！小妖！你們在嗎？艾莉！凱文！泰勒！米高！你們聽到我的聲音就應我一聲！」夏思思褪下了往常總是掛在臉上懶洋洋的神情，慌亂失措地不停呼喚著消失同伴們的名字。

四周的黑暗就像一塊海綿，把她發出的呼喊聲全吸收掉。夏思思不但聽不到同伴的回應，就連自己發出的聲音也完全聽不見。

要是讓埃德加等人看到夏思思此刻的模樣必定會很吃驚，少女總是事事提不起勁的懶散樣子，何曾看到她如此狼狽？

其實夏思思是被這些黑霧影響了。人類在這種封閉五感的環境下，精神與情感很容易變得脆弱，不知不覺中，便會受到充斥在這個空間的闇元素影響。

這種溫水煮青蛙的手段，比起黑霧再次使出幻象，直接變化出夏思思的父母或者夜來刺激她，更來得有效。

受到闇元素影響的狀況，在地球上其實也並不算罕見。中國人將其稱爲「風水」，而西方人則稱其爲「磁場」。

人們若長期居住在風水不好或是磁場不對的地方，便很容易生病，心情也會變得灰暗失落；而那些地方甚至還很有可能會成爲鬧鬼的場所。

在地球這個自然元素貧瘠的地方，闇元素對人類已有著不小的影響力，更何況是這個以魔法文明爲主導的世界？濃郁的闇元素不只能夠化爲實體，甚至還生出了靈智，夏思思受到它的影響，實在敗得不冤。

從闇元素衍生出來的黑霧能夠窺探人心，它從一開始便能清晰地看到夏思思藏在淡然的外殼下，那個哭泣著徹夜等待親人回來的小女孩。

ch.4
感悟與突破

就在夏思思慌亂得快要在黑暗中迷失自我之際，一道細微的聲響從黑暗中傳了出來。

「滴答。」

聲音很小，平時若不仔細聽的話根本不會注意到。可在這死寂的黑暗中，聽在夏思思耳裡卻像驚雷般響亮！

「是……水滴的聲音？」

清脆的水滴聲安撫了少女的慌亂，更清楚地傳遞著一個信息：

不要怕，我就在這兒！

「藍兒!?」

在這個世界與夏思思關係最爲緊密的，不是萬事以她爲主的奈伊，也不是把她視爲母親的小妖，甚至不是召喚她來到這個世界的眞神。一直留在少女身邊，與她相處時間最長久的，是那名來自聖湖的元素精靈！

夏思思還經常利用水靈的力量作爲微調魔法能量的作弊器，雖然水靈並沒有眞正奉夏思思爲主，然而少女每一次透過水靈使出水系魔法，她們的氣息便會更進一步融合。

正因如此，即使黑霧能夠遮掩眾人的五感，卻無法屏蔽夏思思對水靈的感應。少女焦躁的心情逐漸平復，冷靜下來後才驚覺自己在不知不覺中已經失去了理性，那種混亂的精神狀態要是繼續放任下去，不知道會發生什麼事，忍不住驚出一身冷汗。

想到這裡，夏思思對同伴的擔憂不減反增。這些黑霧能夠探究人們潛藏在內心深處的傷痕與恐懼，人心總是脆弱的，即使實力再高強，也對這種攻擊防不勝防。

然而恢復冷靜的夏思思並沒有繼續花費心力尋找失蹤的伙伴，而是集中所有精神，努力增強與水靈之間的聯繫。

水靈能夠增加或減少聖水的分量，卻無法調動聖水進行攻擊。因爲水的本質是被動的，就如同它會因外在環境而變換著不同形態，放在寒冷的地方，它會凝結成冰；放在正方形的容器裡，它便會變成正方形。

藍兒身爲水系的元素精靈，自然也受到這種法則的影響。她如大海裡的海水，有了她的加入，雖然能夠增強海嘯的破壞力，但海嘯的出現卻是由於地殼變動等其他因素影響。

因此要調動聖水，還是需要夏思思動手。水靈全力補充聖水時是無法分神的，她能夠主動聯繫夏思思，便是聖水已至少恢復到能解這次燃眉之急的程度，少女善於抓住重點的聰明腦袋，立即分析出答案。

夏思思把全副心神沉浸在水滴聲所帶來的感悟中，不知不覺間，黑霧帶來的陰冷感再也無法影響她，她的腦海裡只有一個念頭——水，到底是什麼？

專心致志的少女並不清楚，她現在已碰觸到所有魔法師都要嫉妒的感悟狀態。身處這種狀態的她，精神與外界完全隔絕，可謂沒有任何防禦力，即使是一名握刀的幼童也能輕易放倒她。

這有點像魔法師突破階位時的狀態，因此很多魔法師會不遺餘力地以最好的資源興建修煉時所使用的法師之塔，恨不得把它打造成全世界最安全的地方，就是爲了希望在突破階位時能夠更有保障。

「感悟」這種可遇不可求的狀態，與自主修行的冥想狀態不同，誰也不知道什麼時候會遇上，實在是防不勝防。但正所謂福禍相依，感悟所得的益處要遠遠大於尋常的閉關冥想。

也慶幸黑霧雖然能夠創造幻象，以及影響人類的精神狀況，卻無法做出物理性攻擊。不然以夏思思現在無法反抗的狀態，只怕眞的危險了。

由闇元素組成的黑霧沒有實體，自然無法將所有人移走。夏思思等人之所以看不見、聽不到、觸摸不到對方，主要是一種類似於幻象的障眼法。

當夏思思被黑霧的精神攻擊刺激得到處亂走時，卻是眞的變得離同伴們愈來愈遠。

此刻唯一在夏思思身旁的，就只有寄宿在少女長髮中的水靈。

從聖湖誕生的水靈，其本質與黑霧非常相似，正因如此，她才沒有受到黑霧的影響。感悟狀態下的夏思思身處於這個到處充斥著闇元素的地方，無意識中，少女開始尋找最讓她感到親切的水元素。

水靈見狀，立即把自己作爲夏思思與聖水之間連繫的橋梁。只見少女身上浮現

淡淡藍光，四周陰冷的氣息在藍光照耀下開始被淨化，陣陣潮濕的水氣正說明這個受黑霧掌控的區域出現了闇元素以外的其他元素！

黑霧再次感受到讓它懼怕的聖水氣息，立即以夏思思爲中心，迅速往外逃竄。本來以少女的性格，在大好形勢下絕對會對敵人趕盡殺絕。可惜此刻夏思思正處於感悟天地能量的重要關頭，這一切皆是無意識的舉動，因此便給予黑霧逃離的機會。

即使如此，猝不及防下它還是受到了重創，本來已剩下不多的黑霧，硬生生被夏思思又再淨化了一半。

受到毀滅性重創的黑霧跑了沒多遠，便再也無法繼續保持形態，結果不得已下，它只得與地上的岩石融合，化爲數十頭由岩石所組成的巨獸往外逃去。

就在石獸狼狽逃走的同時，夏思思也從感悟狀態中醒了過來。看到四散各處，卻依舊在視線範圍內的同伴們一個也沒少，少女安心地吁了口氣，嘴角勾起一個如釋重負的微笑。

很快地，微笑便成了哈哈大笑，因爲眾人此刻的模樣看在夏思思眼裡實在有趣得不得了。

小妖與奈伊由於同為魔族，黑霧再強也只能勉強遮掩住他們的視線，然而精神攻擊卻對兩人完全沒影響，因此在眾人之中最為生龍活虎。濃霧散去以後，他們最先看到夏思思的身影，一人一貓不約而同地雙眼發亮，發足向少女衝去。

小妖也就算了，但奈伊這副比小妖更像頭寵物奔向主人的樣子，到底是怎麼回事啊!?

在兩人身後的，是正把聖光散去的埃德加，不得不說隊長不愧為隊長，一身的光屬性就是強大，竟然在闇元素的包圍下也能催動聖光護體！

同樣把全身武裝到滴水不漏的，還有祕銀的主人——艾莉。身為祕銀的使用者，她與埃德加一樣沒有被黑霧影響，迎上夏思思的目光，露出得意洋洋的笑容。

至於受到精神攻擊的眾人之中，凱文一臉蒼白，但精神還算不錯；泰勒則渾身發抖地拚命向眞神禱告，不用猜也知道，他必定是看到鬼魂之類的幻象了，怕鬼絕對是這名大個子的弱點。

米高的反應最乾脆，這孩子徹底暈了過去，埃德加正拿艾維斯贈送的黑膏將人

救醒。看到少年噴嚏連連的模樣，夏思思惡劣地感到心情大好。

所有人都沒事，眞好！

經歷了突如其來的「感悟」後，世界在夏思思眼中變得煥然一新——這不是由於幻境消失後所導致的環境改變，而是因爲少女一身本已強悍無比的魔力變得更加強大，對元素的敏感度也大大提高，看事物的角度自然變得有所不同。

眾人再度會合，見到勇者大人收起笑容後露出一臉不忿的神情，奈伊擔憂地問：「思思，妳不高興嗎？」

夏思思氣鼓鼓地道：「當然！竟然讓黑霧跑掉了，眞是令人不甘心哪！」

「思思妳眞小家子氣，不過這種對報仇的執著我喜歡！」艾莉大方的挑釁是不分階級的，就連埃德加，她也曾不怕死地嘲諷過，更何況是夏思思這個沒有勇者樣的勇者大人？

少女瞪了艾莉一眼，道：「不是我心胸狹隘，我的家鄉有句話，叫作『打蛇不死，自遺其害』。即使它害不到我們，要是跑到城鎮鬧事怎麼辦？你們就不擔心嗎？」

「沒事的。」埃德加的語氣雖然略嫌冰冷，然而冷靜的聲音及話裡所包含的自信，卻總是讓人不由自主地信服。他道：「黑霧的難纏主要是因爲它無形無態，並且能夠產生無法分辨眞僞的幻覺。可是受到重創後，它既然連維持形態也無法做到，那就更加沒有多餘的能力創造幻覺了。與岩石融合後，黑霧也就只是些石形的怪物而已，妳覺得西方軍會連這種敵人也敵不過嗎？」

夏思思聞言摸了摸下巴，故作深沉地說道：「也對……他們雖然火候未夠，但也算盡得爲師眞傳了，這種小事我就讓弟子代勞好了。」

就連凱文也忍受不了少女的厚臉皮，小聲吐槽道：「思思，妳眞會往自己臉上貼金，妳也只是教了魔法部隊短短數天而已，就自稱是人家師父了嗎？」

夏思思沒有絲毫不好意思，仰了仰首說道：「一日爲師，終身爲父！」

「……」

西方軍的魔法部隊眞可悲，短短數天便把「終身」賣給了夏思思……

□

在眾人討論著石獸去向的同時，一直關注著封印之地狀況的西方軍，已察覺到數十頭正往要塞迎面衝來的巨型石獸。

「那是什麼？魔族嗎？」身處圍牆上的諾耳曼將軍聽到斥候的匯報後凝神看去，遠遠便看見石獸群正高速往自家要塞方向衝來，來勢洶洶的氣勢立即讓老將軍重視起來。

竟然不要命地往西方要塞跑，難道魔族又有什麼陰謀嗎？

要是讓諾耳曼知道這些看起來很有氣勢的石獸，其速度與義無反顧的架勢是因爲被人追殺而逼出來的，也不知道他會有什麼感想。

警報一響，除了在要塞外領軍與魔族對戰著的將領外，西方軍所有部隊的領頭人物都來了。法師團團長使出魔力，把石獸的影像映照在半空中，這是學習自夏思思，並經過男子改良過的魔法，原理有點像地球的海市蜃樓。

雖然影像有點不穩定，但眾人仍能從影像的映照下看出這些石獸完全沒有任何妖獸的特質。魔族雖然在進化成人形以前形態各異，卻不會脫離有血有肉的生物範疇，這些以岩石拼湊出來的石獸，與妖獸有著本質上的不同。

諾耳曼看著這些怎麼看怎麼凶殘的奇怪生物，不禁喃喃自語道：「那個丫頭到底在封印之地招惹了什麼東西啊？」

也不怪老將軍立即把這筆帳算在夏思思身上，石獸這種從沒在西方邊境出現過的怪物，在勇者他們出發往封印之地不久後便現身了，怎麼想也與夏思思脫不了關係。

不過事已至此，把勇者大人從封印之地拖出來收拾爛攤子的想法顯然不實際，諾耳曼牙癢癢地下令：「騎兵隊與重甲兵迎敵，法師部隊在圍牆待命！」

狄可雖貴爲諾耳曼之子，可是他在軍隊中卻與眾人一般待遇。身爲重騎兵隊長的他在人類與魔族大戰剛開始時，便義無反顧地衝上前線，當石獸現身後，更被任命爲試探這些石獸的先行部隊。

「別與它們硬碰硬！」面對著看起來防禦力不錯的石獸群，領頭的狄可打出一

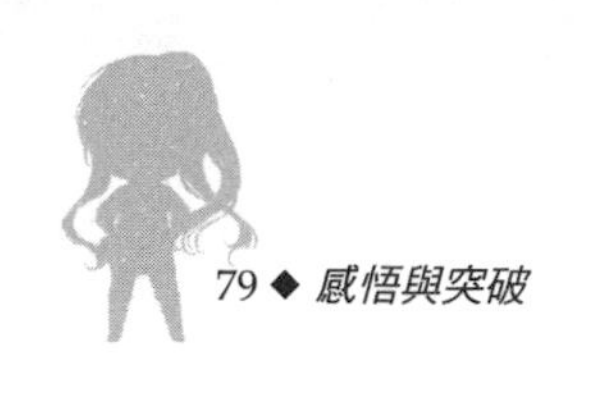

個手勢，隨即本來集結在一起的騎兵們瞬間分散，排列看起來凌亂，但其實每名騎兵間都保持著一定的距離，以便隨時能夠向同伴施以援手。他們轉換陣法的過程就像呼吸般自然，顯然是練習了千次萬次，每個陣法的變換都刻劃在記憶深處。

騎兵於軍隊中的定位大多是枚撕裂敵方陣勢的長矛，可這次面對石獸，他們卻理智地改變了戰略。也全仗狄可這個英明的決定，讓這次的試探減少了不少傷亡。

「攻擊它們的關節！」第一次衝擊中重騎兵完全討不了好，狄可作為身經百戰的將領，交手不久便察覺到這些石獸的弱點。

石獸的身軀比尋常岩石更為堅硬，即使使用了鬥氣，也只能在它們身上留下不深不淺的傷痕。可是它們用來活動的關節卻意外地脆弱，只要能準確斬在這些位置上，便能輕易讓石獸的四肢與身體分家！

在騎兵們的屠刀下，石獸一隻又一隻倒下，被斬下頭顱的石獸很快便自動潰散碎裂，回歸成封印之地的貧瘠泥土……

圍牆上，觀戰的將領們看到戰事成了一面倒的情勢後，不禁紛紛打趣道：「這些怪物就只有外表嚇人嘛！」

「竟然這麼弱，似乎沒有我們出場的機會了。」

「狄可這小子真不錯，這麼快便察覺到敵人的弱點。」

「呵呵！他已有幾分將軍當年的影子了！」

面對同僚對兒子的讚賞，諾耳曼哼了聲，生硬地說道：「計謀什麼的只是小道而已，實力才最重要！那小子還差得遠！」

雖然諾耳曼的嘴巴這樣說，可是老將軍勾起的嘴角卻出賣了他內心的得意，那得意洋洋的表情立即惹來同伴的白眼。

在一群虎背熊腰、身穿戰甲的將領中，穿著魔法袍且身材纖瘦的法師團團長突然上前發言：「將軍，魔法部隊要求出征！」

將領們全都愣住了，心想現在形勢大好，你們這些魔法師又想添什麼亂了？

不過這些話他們也只敢在心裡想想，可不敢真的說出來。雖然魔法師的小身形站在這些將領面前完全不夠看，但他們卻完全不敢得罪這些嬌貴的魔法師。

先不說魔法師這種珍貴的職業幾乎都是國家以大量金錢培養出來的天才，光是

以戰場上來說，魔法師絕對有著其驕傲的本錢！

只因魔法師的手段神祕莫測，他們往往會是一場戰爭勝負的關鍵；再加上他們人數稀少，因此軍隊都會把法師團當作寶貝般保護。前線士兵很多時候也要依賴魔法師的支援，必要時，還要作爲肉盾去保護他們。

眾人對法師團的縱容可謂已刻入了骨子裡，就連諾耳曼與這名法師團團長說話時，也很難得用上了商量的語氣：「我想應該沒這個需要了吧？看戰況，騎兵部隊很快便能殲滅敵人。」

對於這些驕傲的魔法師，老將軍實在是又愛又恨。雖然氣他們老是不聽話，但這些矜貴的戰力萬一碰著磕著，卻又會讓他心痛得不得了。

法師團團長笑道：「我對這次的敵人很感興趣，想抓一頭來研究。」

聽到自家團長的話，同樣聚集在圍牆上支援著戰鬥的魔法師們立即刷刷刷地把炙熱的視線轉過來，雙眼滿是期待的神色。

一眾將領不約而同地嘴角一抽——竟然想抓一頭石獸進要塞，魔法師什麼的果然是群瘋子！

就在諾耳曼斟酌著用語，滿腦子想著該怎樣說才能讓魔法師們打消那不切實際的想法時，站在他身前的法師團團長突然怒吼：「小心！」

隨即男子手一揮，大量水元素瞬間聚集，形成一場傾盆大雨！

狄可自然不知道法師團對這些石獸垂涎不已，眼看勝利在望，正與最後一頭石獸對戰的狄可便顯得更爲賣力，手一揮便瞄準石獸的頭顱要將其準確斬下。

在青年正要得手的瞬間，一場暴雨「嘩啦嘩啦」地淋得他渾身濕透，過大的降雨量讓他連眼睛也睜不太開，手裡的劍也因爲突如其來的暴雨而偏離了原本的方向，斬在岩石上，只留下一道不深不淺的劍痕。

暴雨來得突然，去也去得快。當狄可剛提起鬥氣，把大豆般大小的雨水阻隔開來時，暴雨卻又忽然消失。

還未待一身濕透的狄可回過神來，地面的積水卻又快速升起，並凝聚成一顆大型水球，乾脆俐落地把強弩之末的石獸困在裡面。

見狀，一臉莫名的狄可總算恍然大悟，此時他已看出剛剛的大雨與水球皆出於

法師團的手筆了。

在圍牆上目擊了整個過程的諾耳曼當場傻眼，先前法師團團長大喊「小心」的時候，他還以為是哪名士兵有危險，想不到身邊人攻擊的目標卻不是石獸，而是自家兒子！

看到石獸已經被對方困在水球裡，面對著一眾魔法師的炙熱視線，諾耳曼無奈地揮了揮手，道：「把它帶進來吧！但你們要看好它，別出亂子。」

法師團團長笑道：「請放心，我們只是對蘊含在石頭裡的元素波動感興趣而已，只要研究出這些石獸是以什麼原理活動，我們便會把它毀了。我有預感，它能夠帶給我們偉大的啟示。」說罷，男子向部下們揮了揮手，道：「把它帶進要塞。」

團長大人的話一出，一眾魔法師一陣歡呼，風系法師們立即飛下圍牆，用風元素把水球升起後便帶往要塞裡。

騎兵們就這樣愣愣地看著一眾魔法師從天而降，然後嘻嘻哈哈地抬著他們的戰利品飛回去，完全不知道發生了什麼事情。

雖然不知道到底是怎麼回事，但眾騎兵看著渾身濕透的狄可時，也忍不住露出同情的表情，他們的隊長這次眞的算是無妄之災。在同情之餘他們還暗暗慶幸，幸好與最後一頭石獸對戰的並不是自己……

ch.5
闇之神現身

夏思思並不知道，從他們手下逃跑的石獸不光害狄可受了一場小小的無妄之災，其中一頭石獸還被魔法部隊抓去研究了。此刻少女正打量著幻境消失以後，封印之地那荒蕪貧瘠的模樣。

繁華假象褪去後，顯露出封印之地眞正的樣子。土地上連一株野草也沒有，放眼看去全都是褐黃色的岩石與泥土。即使是沙漠那種生存條件惡劣的地方，也隱藏著不少生機，偏偏這個明明氣候不錯的地區卻死寂一片，到處瀰漫著死亡的氣息。

不遠處的荒地上聳立著一座殘舊的高塔，這座高塔正是傳說眞神用來封印闇之神的封印之塔。四周完全感應不到封印應有的波動，可見塔內與四周地面上刻畫的法陣已被闇之神全數毀去，神聖的封印之塔反倒成了闇之神甦醒後的容身之處。

夏思思邊觀察著這裡的環境，邊無聊地踢著腳邊的小石子。怎料就在石頭劃過半空、並「啪」地一聲落地之際，以石子爲中心，竟倏地再度浮現出新的幻象！

一名有著棕紅髮色的少年緩步前進，一手拿著一本怎麼看都不是他這個年紀能夠看得懂的厚重書本，一手牽著個有著淡金髮色的絕美孩子，兩人邊走邊聊天。

笑語盈盈的金髮孩子突然甩開同伴的手，朝一名滿身血污的黑髮少年跑去。

男孩一臉擔憂地仰首說了什麼，隨即黑髮少年銳利的眼神變得柔和，淡然回以一句話，讓男孩笑逐顏開。

在男孩看不見的後方，被他甩開手的少年收起笑容，鏡片後的眼神在看向二人時，帶著赤裸裸的獨佔慾，以及瘋狂的嫉妒。

黑髮少年敏銳地看了過去，棕紅髮色的少年不慌不忙地向他勾了勾嘴角，沒有任何因心思被人識破的心虛。隨即他換上平常的表情，微笑著拍了拍金髮男孩的肩膀。

男孩笑著拉起兩人的手，場面如此溫暖和諧，剛才兩名少年那充滿著煙硝味的對望，就像錯覺似的……

這只有影像沒有聲音的幻象只維持了短短數十秒，其中的人物也不像先前的幻覺般，能夠與眞人短暫地互動，勇者一行人就像在看著一場默劇。

「那是？」夏思思小跑過去撿起被她踢走的小石子，橫看豎看卻都只是普通的

石頭，對此，少女露出不解的神情。

眾人也驚訝於這突如其來的幻象，艾莉嘀咕了一句：「那三人看似朋友，不過相處時的互動好奇怪。」

熟知卡斯帕眞正容貌的夏思思，不用猜也知道，幻象中的三人便是完全改變了世界格局的卡斯帕、喬納森與羅奈爾得。其他人自然不知道這三人的身分，雖然對於幻象中少年們的互動有點在意，卻沒有探究下去的意思。

奈伊接過夏思思手裡的石頭，仔細感受了下，解釋道：「石頭裡應該殘留了闇之神的部分意志與記憶。不過大家可以放心，這些殘餘的闇元素力量不大，它只能映照出短暫的影像，不會對我們構成威脅。」

聽到奈伊說不會有危險，夏思思立即一反先前對幻覺避之則吉的態度，開始在步行前往封印之塔的途中，興致勃勃地到處亂摸亂碰，以圖能夠再次激發出有趣的幻象。

可惜夏思思再也沒有剛才的好運了，反倒是奈伊與小妖見少女喜歡，憑著自身對闇元素的敏銳，一人一貓各自找到了幾道殘留的能量。可惜這些能量過於微弱，

不是只有模糊的影像，便是只有斷斷續續的聲響。

逐漸接近封印之塔時，奈伊與小妖便再也沒有這種多餘的玩樂心思。高塔透露出來的氣息讓他們戰慄，這還是由於奈伊是羅奈爾得的「複製人」，小妖喝過了生命藥劑以後，對闇之神的力量有了抵抗力。要是尋常的魔族，光是闇之神散發出來的氣息，便能夠令他們無條件臣服了。

正常來說，歷代勇者只須在封印快要崩潰的情況下，於高塔外配合一些儀式，利用聖物的力量把封印重新加固便可以了。因此，這座高塔在建築時根本沒有設置讓人出入的大門，工人甚至在工程結束後便把出入口封死了。除了頂端有一道小小的通風口外，整座高塔就是一個密閉的環境。

這種建築設計讓勇者一行人爲難了。經歷了漫長歲月的高塔，外形殘舊灰暗卻不破爛，這都是原本設置在塔內外魔法陣的功勞。可現在法陣已被闇之神除去，要是他們從外牆破開一個洞穴作出入口，難保這座飽歷風霜的高塔不會轟隆隆地倒塌下來！

現在闇之神不知道爲什麼只是驅使魔族大舉攻擊人類，自己卻龜縮在塔內沒

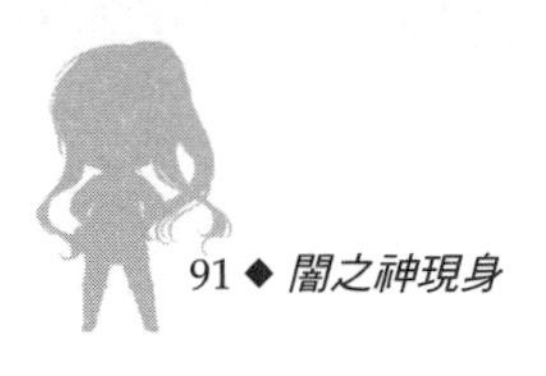

有出手。要是因爲高塔倒塌而刺激他走出來全世界跑，那夏思思眞的想哭也無處哭啊！

「奈伊，你說他爲什麼不出來呢？」

受到闇之神氣息的影響，奈伊臉色變得有些蒼白，只見他想了想後回答：「也許是因爲他還太虛弱吧？」

想到封印被打破時倏地暈倒的卡斯帕，夏思思瞭然地點點頭。這兩人鬥了那麼久，一直勢均力敵，雖然到最後羅奈爾得略勝一籌，但既然卡斯帕表現得那麼狼狽了，闇之神應該也好不到哪裡去。

凱文道：「我比較奇怪的是這裡竟如此安靜，我本以爲會有大批魔族在這裡守護著。」

艾莉冷笑著猜測道：「也許他根本就看不起我們？」

泰勒這個傻大個瞬間便受到艾莉的煽動，道：「什麼!?竟然瞧不起我們！」怒吼聲卻在埃德加冰冷的視線下倏地停止。

制止了泰勒的暴走以後，埃德加道出另一個猜測：「又或者，他在等著我們進去。」

聽到騎士長的話，夏思思不禁小聲吐槽道：「那豈不是更加瞧不起人了嗎？」

埃德加對夏思思的話恍若未聞，也不知道他到底是沒有聽見，還是已經對此麻木了。青年繼續說道：「封印才剛被破開，此時應是闇之神最爲虛弱之時。要說我們還能夠有些勝算的，便只有這個時候了。」

夏思思仰望著高塔頂端的小窗子，問：「可是不能把外牆打破，那我們要怎樣進去？用魔法飛進去嗎？你確定我們在半空中不會成了最佳的靶子？」

說罷，少女也不等埃德加回答，忽然興之所至地張開雙手說道：「長髮公主啊長髮公主，請把妳美麗的長髮垂下來！」

眾人：「？？？」

那是啥!?眞神交代給勇者的祕密咒語嗎？

夏思思也只是在看到這座高塔後，心血來潮地惡搞一下而已，根本從未期待過會有所回應。反過來說，要是眞有一束金色長髮從高塔上垂下來，準會把她這個始作俑者嚇得半死！

結果長髮倒是沒有，可聳立在眾人面前的牆壁卻開出了一個大洞，過程就像快播鏡頭下的石牆被風化成砂礫似地，高塔迅速開出了一道拱形大門！

奈伊愣愣地道：「思思，妳剛才唸的是什麼咒語？好厲害！」

夏思思以同樣呆滯的神情回答：「呃……類似於『芝麻開門』那種吧？」

少女自然知道高塔忽然開闢出來的出口並不是因爲所謂的「咒語」，據她的猜測，這應是闇之神故意弄出來的。

「果然被小埃說中，他在等著我們進去嗎……咦！這是什麼？碎玻璃？」夏思思從地上撿起一枚給人感覺非常通透的碎玻璃，眾人這才察覺到在黃土的掩蓋下，滿地都是這種晶瑩的碎片。

見夏思思把注意力投放在碎片上，奈伊還想再問什麼是「芝麻開門」，然而從塔內傳來那既讓他感到戰慄，卻又親切無比的氣息，令青年已無暇他顧，神情恍惚地便想往塔內走。

奈伊的反應讓眾人大吃一驚，凱文立即眼明手快地拉住奈伊，隨即夏思思焦急地詢問：「奈伊，你怎麼了？」

少女的呼喚讓奈伊回過神來，同伴們擔憂的視線令他心頭一暖，回以一個安撫的笑容，奈伊說道：「我沒事，只是剛剛從塔內感受到一股親切的氣息，不由自主便想走過去。」

埃德加皺起了眉，道：「難道這便是闇之神對魔族的影響力？」

小妖「喵」地一聲引起大家的注意，只見牠臉上露出不贊同的神色。雖然小妖無法說話，卻不難猜測牠想要表達什麼。

夏思思問：「小妖，你想說奈伊的失態根本與闇之神無關？」

小妖點點頭，隨即仰首挺胸，一臉得意。

「因爲同樣身爲魔族，你並沒有像奈伊般受到影響？」

小妖「咪嗚」了聲，看向奈伊的眼神是赤裸裸的鄙視。

夏思思隱隱猜到奈伊爲什麼會有這種反應。根據卡斯帕所說，奈伊幾乎是羅奈爾得的翻版。他們兩人的關係，甚至比一般血脈相連的父子更爲親近。

「思思，我想進去看看。」果然，奈伊仍是受到闇之神的氣息吸引，眼巴巴地盯著夏思思提出請求。

少女嘆了口氣，道：「進去吧！多想無益，反正我們終究還是要進去的。」

其實埃德加等人要是遇上「正常」狀況，例如到達封印之地時遇上大量魔族阻攔，然後眾人殺殺殺地殺至高塔，再想辦法闖入塔裡，反倒沒有這麼糾結。偏偏自始至終羅奈爾得都沒有向他們出手，雖然黑霧讓眾人吃了點小虧，但這些都可歸類爲自然災害，與闇之神並沒有直接關係。

於是眾人免不了開始疑神疑鬼，猜測著敵人到底有什麼陰謀等著他們。闇之神愈是不出手，眾人便愈是猶豫不定。並不是他們生性多疑，只是面對這種無法解釋的意外狀況，任誰都會多一分小心。

夏思思說得有理，埃德加便不再猶豫，頷首說道：「也不知道高塔裡有什麼，大家保持戒備。」

說罷，埃德加率先步進塔內。凱文見狀緊跟在側，然後便是夏思思、米高、小妖與奈伊，最後由艾莉與泰勒殿後。

要是平常，他們會讓直覺敏銳的奈伊走在最前頭，然而經過剛才的事情後，埃德加可不敢讓奈伊走在前面領路了。

這座高塔內部只劃分出三層，樓與樓之間高達十多公尺。地面與牆壁全都刻畫了不同的魔法陣，但這些法陣已全數被人毀去，倒也省得勇者一行人要先把塔內的防衛魔法解除才能前進的麻煩。

據卡斯帕所言，第一層是防護高塔與攻擊外敵的法陣；第二層是封印的結界；第三層則是闇之神原本沉睡的地方。如果羅奈爾得沒有打破結界的話，依照以往的做法，夏思思他們根本不用走至第三層，只要在塔外用聖物將結界加固就可以了。

因此，當夏思思進入第三層時，神情不禁充滿著無限怨念，心想自己這個勇者怎會如此命苦啊啊啊！

雖然萬分不願，但少女還是只能硬著頭皮繼續往上走。

眾人到達第三層時，夏思思幾乎以爲自己穿越了時空，回到初遇奈伊的山洞。只見晶瑩剔透的水晶滿滿地佔據著第三層，要不是這些晶石有部分已被人打碎破壞，夏思思他們根本沒有任何立足之處。

夏思思立即想起先前在塔外所見、她誤以爲是玻璃的碎片，這才明白那些碎片

的由來。

其實如果當時她再仔細想想，便會知道這些碎片絕不會是尋常的玻璃。因爲這個世界的玻璃並沒有地球的通透，品質再高的玻璃也總會夾雜著一些細微的雜質。因此，如此晶瑩剔透的碎片，在這個世界裡只會是水晶之類的其他東西了。

一如夏思思記憶中在山洞內所見的情景，此刻水晶裡也沉睡著一名俊美的長髮男子。當眾人踏進第三層時，男子緩緩張開一雙彷如黑夜般深邃的眼眸，用著晦暗不明的神色看著勇者一行人。

「咦？奈伊!?」艾莉掩嘴驚呼，看了看同樣滿臉吃驚的奈伊，再看了看在水晶裡的男子，這兩人簡直就像是同一個模子裡刻出來的！

不過仔細看看二人，卻有著細微的不同，奈伊的眼睛很清澈，坦蕩得藏不住任何祕密。水晶裡的男子，眼神卻非常幽暗，彷彿一汪深不見底的水泉，而且年紀看起來比奈伊要年長一些。

夏思思雖然早已知道這兩人幾乎長得一模一樣，可是在看到眞人的瞬間還是被震撼到了。何況這裡的環境與封印奈伊的山洞未免太相似了點，少女一瞬間眞的以爲自己看見了當初的奈伊。

不過夏思思很快便反應過來，眼前的人哪會是奈伊？這明明就是終極大魔王羅奈爾得！

轉念一想，不是說闇之神已經衝破封印了嗎？那爲什麼羅奈爾得現在還被困在水晶裡？

難道是卡斯帕弄錯了，封印根本沒問題，也就是說自己只要把封印加固就可以了？

一想到這裡，夏思思立即笑逐顏開。

在少女的認知中，自這段時間勇者任務內容的難易變化，從而得出來的結論是這樣的：

加固封印（不太難的任務，可以偷懶）↓封印被破壞↓不得已直接面對終極大魔王↓原來封印沒事↓可以偷懶。

也就是說，她可以偷懶！

人生，就是如此大起大落啊！

夏思思突然覺得人生原來如此美好，連帶眼前的敵人也變得可愛起來。

然而下一秒，本來可愛的羅奈爾得在少女眼中瞬間變得面目可憎！

因爲他竟然信步走出了晶石的包圍，那些作爲結界基石的水晶，竟然就像空氣般，完全阻擋不了他的行動！

人生，果然是大起大落……

埃德加雖然不懂讀心術，但對於勇者大人的想法，他倒是猜得八九不離十。看到夏思思就像洩了氣的皮球般，騎士長不禁又好氣又好笑，心想都大敵當前了，她竟然還有餘裕想這些有的沒的。

面對羅奈爾得這個創造魔族的神祇，一眾聖騎士自然不會手下留情，一出手便是最爲凌厲的殺著！

然而他們才剛出手，攻擊的動作便倏然停頓，四人就像成了石像似地一動也不動。只見一眾聖騎士的臉變得刷白，大滴大滴的汗水從額上流下來。

同時夏思思也感覺到一種讓靈魂忍不住戰慄的威壓從羅奈爾得身上傳來，來自靈魂的攻擊何其猛烈，夏思思尖叫了聲幾欲暈倒。

是精神攻擊！

這是來自羅奈爾得這名神祇的手段，可夏思思卻凜然不懼，努力穩住心神後尋找機會反擊！

靈魂的對決在旁觀者看來實在沒有絲毫看頭，兩人動也不動地互盯著對方，然而其中的凶險卻比明刀明槍的攻擊更甚！

穩下心神的夏思思開始佔上風，來自異世界的靈魂是闇之神無法掌控的。羅奈爾得頗感意外地挑了挑眉，隨即便停止了對少女的攻擊。

「看來爲了對付我，卡斯帕眞的費盡心機了。」

不止容貌，羅奈爾得的嗓音也與奈伊一模一樣，只是其中卻有著一種青年所沒有的蒼涼。

饒是奈伊心思單純，也不由得感到懷疑地出言詢問：「你到底與我……有什麼關係？」

高階魔族是最接近闇之神的存在，可是奈伊所遇過的高階魔族中，並沒有人與羅奈爾得長得如此相像。

即使是闇之神親自指派給佛洛德的克奈兒與里克也一樣！

爲什麼就只有自己與眾不同？

爲什麼自己完全沒有作爲妖獸時的記憶？

爲什麼……教廷只把自己封印起來，卻不殲滅？

這些問題奈伊不是沒想過，只是把它放在心裡沒有詢問。可現在看到與自己有著相似容貌的羅奈爾得，一直存放在心底的疑惑便瞬間湧現出來。

闇之神並沒有回答奈伊的詢問，他看著奈伊的眼神複雜難懂——帶著憐憫，卻又充滿著憤怒與憎恨！

羅奈爾得的反應也讓夏思思更加肯定自己一直以來的猜測，少女雙眼眨也不眨地盯著眼前的敵人，嘴巴卻故意觸怒對方，道：「怎麼？不敢回答奈伊的問題嗎？難道你還知道羞愧？既然如此，你當初就不應該背叛卡斯帕！」

果然一直表現得還算平靜的羅奈爾得聞言暴怒道：「這就是他們的說詞嗎？卡斯帕這個膽小鬼！他永遠只會逃避！就連過來與我面對面一戰的勇氣也沒有！」

男子一手拍在身後的晶石上，隨即透明的水晶迅速被染成黑色，並延伸如同長矛般，高速往夏思思的方向插射而去！

「既然如此，那我殺掉他的勇者，看他還能不能忍著不出面！」

見闇之神發動凌厲的攻擊，一直被眾人忽略的米高嚇得慌忙退了開去，奈伊與小妖則不約而同地護在夏思思身前！

羅奈爾得深邃的眸子閃過一絲輕蔑，同爲魔族，他們對於黑暗系的攻擊也有著很強的抗禦性，但闇之神卻是這個世界中最接近暗黑法則的人，自然不會把奈伊與小妖的攻擊放在眼裡。

然而在男子的手快要觸及小妖的火焰時，魔族的第六感卻讓他敏銳地察覺到危險。

要知道羅奈爾得在少年時期曾有很長一段時間爲國王艾布特做著見不得人的勾當，其中暗殺的任務便佔了絕大部分。

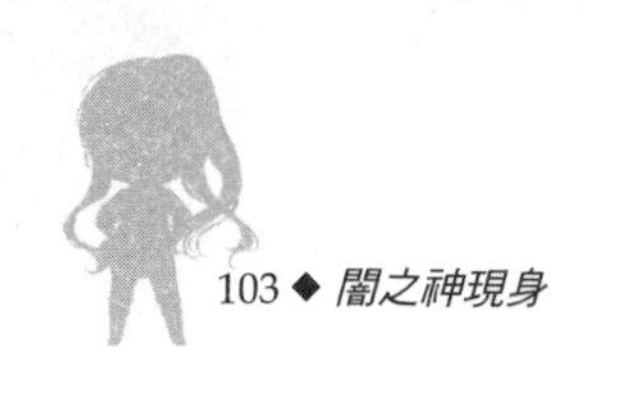

相較於天生擁有強大魔力的小妖與奈伊，少年時期的羅奈爾得一身魔力還不是很強大，之所以能夠完成任務，除了有驚人的自癒能力，便是依仗自身的武藝，以及闇元素體質特有的第六感。

強烈的第六感再次幫助他度過危機，小妖的火焰中蘊含著銳金之氣，尤其這股力量還是專門爲了捕獵不死生物而設，可說是擁有闇元素體質的羅奈爾得的剋星。

可察覺到危險之時，羅奈爾得的手卻已經往小妖的火焰抓去，想要停下來也已經來不及了。只見男子不慌不忙地轉動身體的重心，夏思思只見他輕輕巧巧便避開了奈伊與小妖的夾擊，速度快得不可思議。

得益於魔族優越的體能，夏思思一直覺得奈伊動作時的反應與力度非常驚人，可現在看到羅奈爾得的身法，少女才驚覺奈伊那種只憑藉天賦優勢得來的反應根本不算什麼！

心裡明白奈伊與小妖加起來也不是闇之神的對手，夏思思當機立斷地下令：

「小妖、奈伊，帶小埃他們離開這裡！」

ch.6
神之領域

奈伊根本沒多想，一手挾著一人便往外跳，區區一座塔的高度對高階魔族來說完全不構成威脅。小妖也在聽到夏思思的命令後，體積瞬間變大，轉化成一頭矯捷的黑豹，把剩下的人甩在背上後，便尾隨著奈伊飛出窗外。

高塔頂端早已被雷電轟得稀爛，可以看到上空的雷雲正蓄勢待發。夏思思舉起手，此時少女就像個導電體，大量雷電集中在她的手上。

其實夏思思比較想用聖水，試試看能不能把大名鼎鼎的闇之神毀容。可惜經過先前水靈的強行增量後，聖水是眞的再也擠不出哪怕一滴了，只得轉而使用她自創的大殺招「大衍神雷」來將就一下。

也全仗羅奈爾得破壞了高塔的魔法陣，不然她也無法把魔法元素引進封印之塔裡。

在小妖與奈伊纏住敵人的時候，夏思思已暗暗發動這個大型魔法，因此當羅奈爾得察覺到動靜並想要阻止時，少女的魔法已無聲無息地完成了。

然而闇之神不愧爲曾多次在生死之間打滾過的戰士，在知道即使殺掉施法者也無法讓魔法停止後，他並沒有妄圖浪費時間攻擊夏思思，而是全力聚集魔力牢牢護住自己！

隨著夏思思高舉的手用力揮下，半空的雷雲落下大量落雷，直往羅奈爾得身上劈！雷電發出的光芒於封印之地上空閃耀，其龐大的聲勢與攻擊力絕不是先前在落石山脈那小試牛刀的攻擊可比。雷電的光芒照耀了整片安普洛西亞王國的西部，幾乎所有正與魔族對戰的人們都能看到這天地異象。

失去了魔法陣的保護，這座聳立在封印之地多年的高塔，在落雷中轟然塌下。伴隨著強大的雷鳴聲，一道道扭曲的閃電猶如正張牙舞爪的大蛇，地動山搖的景象簡直就像世界末日。

夏思思卯足勁兒輸出魔力，雷擊持續了非常漫長的一段時間。當天上烏雲散去後，地面仍是一陣飛沙走石，可見這道魔法的攻擊力到底有多強！

夏思思緊張地注視著高塔方向，她很想知道這個由她研發出來的最強絕招，對上闇之神到底有沒有效果。

羅奈爾得得全力對抗夏思思的大衍神雷，面對落雷時已停止了對聖騎士的精神攻擊。聖騎士有著堅定的信仰與意志護身，埃德加等人除了精神有點萎靡不振外，

倒是沒有任何後遺症。

也幸好米高的實力實在太弱了，無法引起羅奈爾得對他出手的興致。不然只怕以少年那脆弱的精神，被衝擊成一名白痴已經算是好的下場了，因而失去性命也不是沒有可能。

有時候精神的死亡，比肉體的滅亡來得更加可怕。

煙霧緩緩散去，眾人緊張地等待著這次攻擊的結果。如果連夏思思最強的大衍神雷也無法擊敗闇之神，那麼也只有眞神親自前來，才能夠與闇之神一爭長短了。

埃德加突然把注意著煙霧的視線轉向夏思思，因爲他剛剛發現，他們竟然忘了一件很重要的事情！

話說勇者大人不是已經集齊了聖物碎片，並且成功讓碎片重新融合了嗎？那夏思思與羅奈爾得對戰時，爲什麼一直都沒有使用聖物的力量？

要知道聖物可是專門爲殺戮魔族，並且封印闇之神而創造出來的啊！

一直以來，聖物都是以長劍的形態面世，這讓眾人都覺得聖物恢復以後的形態就是劍。可埃德加仔細一想，根據古文獻所說，聖物其實並沒有固定的形態……

這傢伙……該不會把聖物融合成其他奇怪的東西，所以不敢拿出來了吧？

雖然歷代從沒發生過勇者把聖物碎片融合成武器以外的東西，但夏思思的所作所爲一向不是常人所能猜度，因此，少女即使把聖物變成甜點吃下肚，埃德加也不會感到意外……

埃德加質疑的眼神實在太露骨了，充滿凝重感的銳利注視讓少女無法忽視，夏思思不禁露出詢問的眼神回望過去。

不得不說少女這副無辜的神情實在很可愛，害埃德加的心不由得漏跳了一拍。

隨即嚴以律己的騎士長大人立即覺醒，在心裡責備自己在戰鬥中分神實在太不應該，於是立即冷起一張臉，看起來一副心情惡劣的樣子。

於是夏思思的心也不禁跟著漏跳了一拍——嚇出來的，並暗自嘀咕自己到底做了什麼，惹得埃德加不高興了？

在騎士長與勇者大人大眼瞪小眼之際，逐漸散開的煙霧中浮現出一道淡淡的人

影。

眾人毫不理會煙霧裡的人到底是死是活，不待煙霧全部散去，便已不約而同地朝霧裡的人影使出強大攻擊，一堆聖光、魔焰、水箭什麼的，淨往裡頭丟去！

結果本已消散不少的煙霧，因眾人的攻擊再次變得濃密起來，煙霧瀰漫中傳來羅奈爾得冷清的嗓音，道：「竟然能夠使出那麼強大的魔法，眞是令我吃了一驚，難怪他會選擇妳這個小姑娘來當勇者。」

隨即一陣強風把濃煙吹散開來，露出了羅奈爾得的身影。男子看起來有點狼狽，衣服有好幾處破損，露出隱藏在布料下的炙傷。亮麗的黑髮變得有點凌亂，卻沒有變成夏思思所期待的爆炸髮型，這讓少女失望地嘆息了聲。

羅奈爾得緩緩放下半舉的手，剛才那陣突如其來的強風，正是這人揮手之間造成。

只見男子身上的炙傷以肉眼可見的速度復元，隨即黑色衣服的破洞也被同樣顏色的闇元素自行填補著。雖然一頭長髮仍略顯凌亂，但數秒內已看不出絲毫被萬雷轟炸過的樣子了。

不公平！大魔王懂得無限復活這種終極技能，這教勇者怎麼打啊!?

夏思思在內心尖叫著，然而當羅奈爾得看過來時，她臉上仍裝出一副胸有成竹的淡定神情，眞是難爲她了……

羅奈爾得淡然說道：「叫卡斯帕過來吧！你們不是我的對手。」

就連最強的攻擊「大衍神雷」也拿羅奈爾得無可奈何，在見識到男子傷勢復元的速度後，眾人皆對勝負絕望了。倒是夏思思在經過一番試探後，雖然結果看起來徒勞無功，可少女本來略帶慌亂的心卻反而安穩下來。

只因對夏思思來說，闇之神能夠復元傷口根本就不是問題，要是他在大衍神雷的攻擊下仍能安然無恙，這才是大問題！

現在至少證明了大衍神雷能夠破開闇之神的防禦，並且足以對他造成傷害！

魔族的自癒能力看似無敵，但夏思思知道他們在背後要付出魔力作爲代價。少女就不信剛破開封印跑出來的羅奈爾得還能剩下多少魔力，雖然大衍神雷這種禁咒級別的魔法，夏思思也頂多只能再使出三、四次，但已讓她產生了希望，就與羅奈爾得慢慢耗！

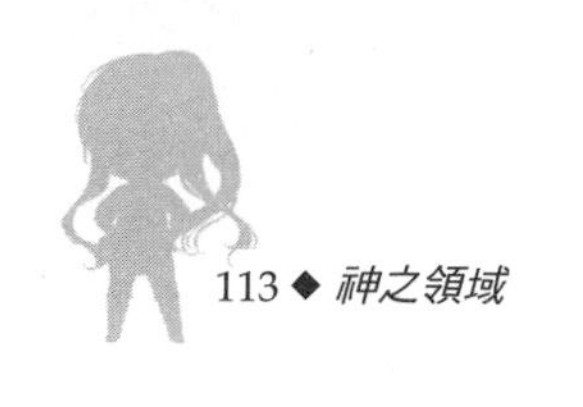

他能夠恢復又怎樣？就把他打到無法恢復爲止咩！

雖然心裡已對獲勝不抱希望，可埃德加面對闇之神卻毫不畏懼，只見青年一臉凝重地上前將夏思思護在身後，阻擋住羅奈爾得猶如利刃般的銳利視線。

闇之神冷哼了聲，一股無形而強大的精神力便針對著埃德加攻去。

埃德加這次有了防備，雖然面對闇之神的精神攻擊仍顯得頗爲吃力，但身爲有著眞神眷顧的聖騎士，他最終還是成功地穩穩守著心神，沒有給予羅奈爾得可乘之機。

埃德加全力抵抗著闇之神的攻擊，並吃力分出一分心神看向夏思思，一雙藍寶石般的眸子裡蘊含著一絲莫名情愫，道：「思思，我會盡力牽制他，妳利用這段時間重新修復啓動殘留在地面的封印與結界，做得到嗎？」

其實埃德加也知道這個要求，對於學習魔法只有一年多的夏思思來說幾乎是不可能完成的任務。但這已是他唯一所能想到的、最能讓少女活下來的方法了。

埃德加並不知道夏思思還有繼續使出多次大衍神雷的能力，也不知道他所信仰

的真神早已答允少女會親臨此地。然而即使青年在絕望之際，想要保護少女的決心卻絲毫沒有動搖！

埃德加並不擅長表達自己的感情，也不會說出漂亮的話語。但每每在危急的時刻，他都會用行動來證明他對夏思思的在乎。

凱文與艾莉、泰勒對望了一眼，隨即三名聖騎士上前與埃德加並肩。雖然他們什麼也沒說，但表達出來的意思卻很明顯。

夏思思的心神剛剛被埃德加那雙充滿情感的藍眸所攝，回過神來已看到另外三名聖騎士也站到了她的身前，並且露出一副要拚命的架勢。

「喂喂！等一下，我……」

夏思思才剛開口，聖騎士們的身上已迸發出強大聖光。這股力量是如此強大，夏思思即使對信仰之力沒有太大的研究，也能猜出這超乎尋常的力量是騎士們損耗自身得來的。

面對埃德加等人拚命的招式，羅奈爾得收起輕蔑的神情，黑曜石般的眼瞳透露出一絲凝重。要是被這聖光籠罩其中，憑他現在的身體狀況只怕還真的吃不消。這

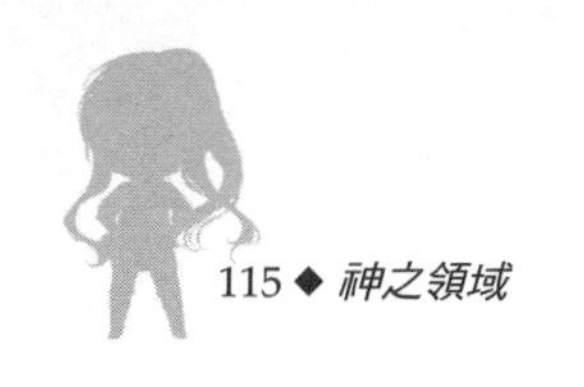

讓闇之神不由得往後退了開來，想要稍避鋒芒。

如此稍稍退後一步，便讓羅奈爾得的身體再度進入了結界的範圍裡。

雖然闇之神不認爲眼前的少女眞能夠在短時間內修補、並啓動地面上的魔法陣，但本著小心爲上的想法，他還是激發出體內的暗黑魔力，與騎士們的聖光互相抗衡。

「小埃，叫你們等一等！唉……現在怎麼辦？」夏思思快要被埃德加他們氣死了。怎麼這些聖騎士都像他們的老大卡斯帕那樣不聽人說話的？現在敵我雙方的力量互相抗衡著，只要其中一方弱下來，便會立即被敵人的力量吞噬，夏思思想要叫同伴們撤手已經來不及了。

最糟糕的是，看聖騎士的狀況，這些能夠與神明對抗的聖光，都是他們損耗自身所得來的力量。本來精神萎靡不振的埃德加等人，愈是迴光反照般地神勇起來，代表著事後所帶來的後遺症便愈是嚴重。如果不是大衍神雷需時準備，心急如焚的夏思思實在很想再使出這個大絕招向雙方轟過去，用最暴力的方法硬是把他們分開來！

雖然正全力與闇之神抗衡，可埃德加還是注意著夏思思的動向。見少女手足無措地站立在一旁，卻沒有如他所願般收復魔法陣，青年在心裡輕輕嘆息了聲，一咬牙便下令：「奈伊，把思思帶走！」

說罷，埃德加身上的力量波動倏地變得凌亂而激烈，竟是自爆前的先兆！

夏思思頓時一個頭變得有兩個大，雖然她很感激埃德加對她的拚死維護，但可不可以不要把事情變得那麼壯烈啊!?

在夏思思傻眼的同時，少女嬌小的身子倏地凌空而起，卻是奈伊單手把她攔腰抄起後，便快速往外掠去。

騰雲駕霧般看著四周景物快速倒退，夏思思用力拍打著挾持她的奈伊，道：「放我下來！」

然而一向很聽夏思思話的奈伊，這次卻一反常態地沒有依言把人放下。任由少女拍打他的腰身，攔腰抓住少女的手卻像鐵箍般文風不動。

少女轉向另一名魔族求救：「小妖！」

可惜小妖硬是扭開了頭不看她。在牠的心目中，只要夏思思能活下去便好了，

別人怎樣這小妖獸可是一點兒也不在乎。甚至牠還把米高丟下逕自飛走，完全沒有帶著少年一起逃亡的意思。

夏思思急得嘩地一聲哭了出來，奈伊不肯放手她也沒有辦法。此刻少女也顧不得是否會傷到埃德加他們了，只見她甩手射出幾支水箭，妄圖能夠打斷埃德加的自爆。

出手的同時，夏思思還咬牙切齒地狠惡惡罵道：「小帕你這個大騙子！你明明答應過我會過來的！」

淚眼婆娑中，夏思思看到聖騎士與闇之神之間的空間瞬間撕裂出一個空洞，黑洞中出現一道纖細的身影。雖然少女的視線因淚水而變得模糊，然而這小小的瑕疵卻完全無法掩蓋來者的美麗，反而讓夏思思有種霧裡看花的朦朧美。

這名突然出現的美麗少年舉起白玉般的手，輕輕巧巧便接住了其中一支差點波及到他的水箭。只見他輕而易舉地截斷了埃德加等人身上狂暴的魔力，並以毫無心理負擔的神情將雙方交戰時施放出的強大能量，趁著空間通道還未消失前全數丟了進去！

也不知道這空間通道的另一頭到底連接著哪裡，夏思思也只能爲那邊的人祈福了……

猛然被截斷了發動全身魔力的攻擊，一眾聖騎士全都脫力，似乎短時間內緩不過來。闇之神也停下攻擊，以很複雜的神情盯著對方。

突如其來的變故，讓奈伊與小妖停下逃亡的腳步，夏思思看準機會總算逃了出來，雙腳剛下地便往回跑，卻被嚇了一跳的奈伊一手捉了回去。

被來者抓住的水箭在夏思思的動念下消散，少年粉色的唇輕輕勾起，語帶揶揄地笑道：「剛剛是誰在罵我了？」

那是一名約十五歲的少年，少年一頭淡金髮絲彷彿光源似地散發著柔和的光亮，白皙的皮膚猶如最上等的美玉；絕美的容顏再加上一身聖潔的氣息，渾身上下竟然絲毫瑕疵也沒有！

雖然全身脫力，但幾名聖騎士還是硬擠出最後的力氣，朝他們所信仰的神祇單膝跪下。雖然卡斯帕沒有說明自己是誰，但眼前的少年完全符合他們所認知的眞神形象。他是如此聖潔、美麗、高貴、強大，如果這名少年並不是他們所認知的眞神

卡斯帕，那還有誰會是呢？

奈伊雖然滿臉疑問，但看到眾騎士與夏思思對卡斯帕的態度後，也明白來者是友非敵。再加上這名美麗的陌生少年竟給他一種熟悉的感覺，就像眼前的並不是個素不相識的陌生人，而是相識已久的朋友。

正因爲這份莫名的熟悉感獲得了奈伊的信任，青年放開了抓住夏思思的手，讓她跑回眾人一心想讓她逃離的戰場裡。

看到奈伊與夏思思都往回跑，小妖臉上閃過很人性化的掙扎表情後，還是拍動著翅膀，尾隨兩人飛了回去。

經過一開始的錯愕後，羅奈爾得收起複雜的情緒，臉上的神情只剩下冰冷與憎恨，道：「我還以爲你不敢過來見我了。」

卡斯帕的心情也很複雜，眼前的人是他的生死之敵。可同時，這個人也曾是一個疼愛他多年、亦兄亦友的重要存在，曾經是他在這個世界上最親、最信任的人。

但心軟的情緒才剛生起，卡斯帕的腦海裡便掠過了喬納森死前的託付，內心的柔軟與軟弱瞬間消失，美麗的寶藍色眸子滿是毫不掩飾的殺意！

此時夏思思已小跑著回到眾人身旁，少女彎腰把因爲眞神沒發話而一直半跪在地上的埃德加與艾莉拉起，奈伊也在夏思思的示意下扶起了剩下的兩名聖騎士。

脫力的艾莉二話不說便往夏思思身上靠，倒是埃德加雖然腳步踉蹌，但腰桿卻依舊挺得筆直，彷如他那不會被任何東西折腰的強大意志。

見到手下長進，身爲老大的眞神大人也長面子。卡斯帕見狀滿意地點了點頭，就連作爲敵人的羅奈爾得在看到埃德加的表現後，一雙陰霾的眼瞳也閃過讚賞的神色。

夏思思卻對埃德加倔強的表現大翻白眼，一想到這傢伙竟然生出與闇之神同歸於盡的想法，少女便恨得牙癢癢，語氣很不好地數落道：「小埃，你就不能多依賴同伴一點、多信任我一點嗎？老是把所有事情獨自扛起，你不這麼倔強會死嗎⁉」

埃德加垂首看向少女的臉龐，卻迎上她那燃燒著怒火的筆直視線。夏思思一向笑嘻嘻的，很少生氣，這還是埃德加第一次看到少女如此怒不可遏的表情。

這讓埃德加不禁心虛了起來，青年安撫地順著夏思思的要求倚靠在少女身上。少女的身體很柔軟，溫熱的體溫隔著衣服傳來，讓素來很少親近女性、且一直對夏

思思持有好感的埃德加一陣心猿意馬，蒼白的臉上浮現出淡淡的紅暈。

還好艾莉等人皆以爲埃德加臉上的紅是被夏思思一番話氣出來的，倒沒有往旖旎的方向想去，不然冰山隊長這個在下屬心目中可怕又高不可攀的形象，只怕要不保了。

看到埃德加如此識相，夏思思接下來想說的話再也罵不出來了。再加上騎士長臉紅的樣子意外地可愛，少女見狀，愉悅地勾起了嘴角，最終還是原諒了埃德加衝動的舉動。

另一邊，與卡斯帕對峙著的羅奈爾得率先出手。剛剛少年出現時轉移雙方魔力的動作過於輕描淡寫，一點兒也看不出神力衰竭的樣子。闇之神本就懷著殺死對方的決心，下手自然不會留情，一出手便是凌厲的殺著！

神明之間的對決又與先前的戰鬥完全不同，卡斯帕與羅奈爾得兩人根本就是站著動也不動，可是四周景物、甚至元素排列，卻在兩人的較量間急速變換著。這是相較於魔法比拚更高層次的戰鬥，其中甚至還涉及了法則的領域！

夏思思忍不住想起了那些曾眞實存在過、最終卻湮沒於歷史洪流的神族。難怪

他們明明有著如此強大的力量卻無法自主操控，還要依靠人類的信仰之力來維持神力。只因他們的力量實在太強大了，因此天地便爲他們套上了堅固的枷鎖。

天地不仁，以萬物爲芻狗。即使是神族也與世上所有生靈一樣，再強大的力量也無法超越天地間的法則。夏思思開始有點明白，當時卡斯帕向她解釋法則力量時所說的話是什麼意思了。

想到這裡，夏思思不禁對這種法則之力敬畏起來。只覺天地萬物都保持著一個很微妙的平衡，這實在是很神奇玄妙的事。卻不知道這種對法則的敬畏與興趣，卻是將來她的魔力到達另一個層次的契機。

闇之神四周的空間全是一片漆黑，所有在他魔法領域下的東西全都被黑暗吞噬。夏思思看了一會兒，察覺到羅奈爾得領略的法則並不是她所以爲的「黑暗」或「死亡」，而是把一切事物都吞噬湮滅的「虛無」！

這與聖水的力量很相近，卻不是聖水給人的純淨與聖潔感，而是充滿著令人窒息的空洞。

卡斯帕的魔法領域卻與羅奈爾得完全相反，少年所領略的法則是「生命」，夏思思等人在他的領域覆蓋下不但沒有受到任何傷害，一眾聖騎士近乎枯竭的力量更因此而再度填滿。就連封印之地貧瘠的地面也變得饒沃，現在只要在這區域的泥土上撒上種子，必定能開出美麗的花朵！

光明，充滿希望與生命力，這是夏思思首次如此確實地感受到，這名少年會被人信奉為神明的緣故。

隨即夏思思再度把視線投放在羅奈爾得身上，忍不住憐憫地嘆息了聲。

還眞是……寂寞的能力哪……

兩名神祇都想要吞噬對方的領域，「虛無」與「生命」兩個法則領域就好像兩個獨立的世界，互相衝突、吞噬。這還是在兩人的神力都所剩無幾、一身力量幾乎已被消耗之下所做出的架勢。夏思思實在無法想像，當初兩人全盛時期所進行的降魔之戰，到底有多驚天地，泣鬼神！

當妖魔為禍人間時，當年羅奈爾得曾嘗試控制牠們卻無功而返。然而諷刺的是，當他與卡斯帕決裂、真正站在人類的對立方時，心中再無珍重事物、放棄一切的他領略到「虛無」的法則，竟然讓他成功掌控了魔族。可惜那時候他已經不是想要消滅這些因他而生的禍患，而是要操控牠們與人類進行一場殊死戰！

現在除了奈伊與小妖，世上所有魔族都與闇之神連繫著，不但無條件服從這位神祇的命令，甚至羅奈爾得只需一個念頭，便能操控牠們的生死！

ch.7
龍族參戰

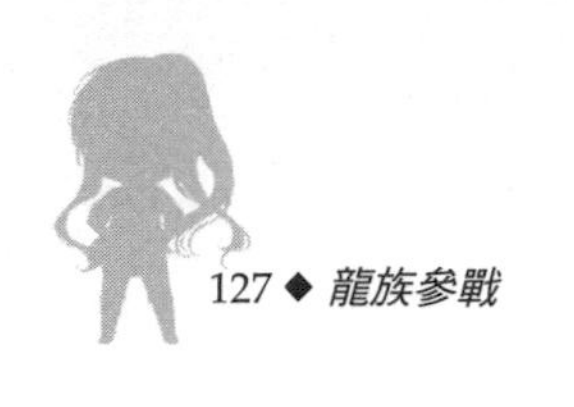

奧汀隨同父親卡特，沿途收編貴族的私兵與民間高手，到達王城時已形成了一股不弱的戰力。

當邊走邊作戰的他們總算進入王城城牆後，竟然看見一抹讓他們大驚失色的小小身影！

「公主殿下！」

兩人口中的公主，並不是那名將會與他們有著親屬關係的安朵娜特，而是國王布萊恩的女兒，年僅五歲的莉蒂亞公主！

由於王城有著大型結界保護，沒有任何魔族能夠混入其中。當闇之神衝破封印、魔族大舉進攻人類的城鎮時，對各城鎮造成最大打擊的，並不是外界那些生長在各處森林幽谷的妖獸，而是一直潛伏在城內的魔族，而王城則是至今唯一沒有受到戰火波及的地方。

其他城鎮則沒有這麼幸運，先不說城鎮裡或多或少都潛伏著魔族，一些人跡罕至的森林或闇元素較濃郁的死域，更存著眾多妖獸。結果這些魔族一下子大舉入侵，作爲首當其衝的邊緣城鎮，他們所受到的衝擊可想而之。

雖然他們已經很努力地阻撓著魔族的攻勢，但還是有不少漏網之魚攻破了人類防線。結果當緋劍家父子趕來時，城牆外已聚集了非常可觀的數量。

也正因爲如此，當他們竟然在這個危機四伏的地方看見莉蒂亞殿下正興致勃勃地觀望戰場時，還以爲自己眼花了！

難道莉蒂亞殿下已經失寵，被布萊恩陛下當作棄子派了出來嗎？

還是王城的戰況眞的那麼差，需要派出王族坐鎮來提升士氣!?

無論是哪一個，都相當糟糕耶！

此時在城牆上的莉蒂亞也發現到奧汀等人，立即派出軍隊接應。緋劍伯爵帶來的人雖然是來自不同地方、受著不同訓練的雜牌軍，但這些人自身的實力皆不弱，很快便被收編進守護王城的軍隊裡。

「殿下！」來到莉蒂亞公主身前，卡特與奧汀向女孩行了一禮。雖然小公主年紀尚幼，但兩人對這名進退有度的公主殿下一直印象不錯，行禮間雖然還不至於敬畏，卻確實有著眞心實意的尊重。不然以緋劍家族特別的身分，他們雖然名義上是布萊恩的臣下，但如果他們不願意，即使面對國王陛下也不須行禮。

只因緋劍家族的爵位雖然是由國王頒布，實際上卻是由眞神賜予。這是一把代表眞神行走世間的緋紅之劍，是人民心目中正義的代表。而歷代的「緋劍」也繼承著先祖的信念，這也是這個家族能夠歷久不衰的原因。

他們願意向小公主行禮，表示緋劍家族承認了莉蒂亞的領導位置，這會是小公主非常重要的政治資本。

莉蒂亞公主向二人微微一笑，一副小淑女般的模樣，讓站在她左後方的艾維斯直翻眼。

行禮後抬頭的卡特與奧汀正好看到這一幕。卡特並不認識艾維斯，只覺得這名長相柔和秀麗的青年一身氣質很特別，因此饒有趣味地多看了幾眼。

奧汀卻是在小時候見過艾維斯。雖然那時奧汀年紀尚小，而且艾維斯也由少年成長爲一名青年了，但當年奧汀卻對這個待在兄長身邊的人有著很深的印象。何況爲了尋找葛列格，奧汀更畫了兩人的畫像做記錄。因此男孩一看到艾維斯，便立即認出他正是當年那名揭起兄長眼罩的少年！

「是你！」奧汀指著艾維斯驚呼。

卡特立即把手按在劍柄上。奧汀性情穩重，能讓他如此失態的事情不多。雖然他不知道奧汀爲何如此震驚，但此刻在場的一個是自己的兒子，一個是高貴的公主殿下，誰也不能受到任何損傷。因此，卡特把艾維斯盯得緊緊的，只要這名青年稍有奇怪舉動，他便會立即拔劍！

然而莉蒂亞公主接下來的詢問，卻消解了卡特對艾維斯的敵意，她道：「嗯？奧汀哥哥，你認識老師嗎？」

「老師？」卡特看著眼前這名年紀不大的年輕人，一臉驚訝的表情。莉蒂亞的老師他也認識，對方是一位成名已久的魔導師，什麼時候變成這個沒沒無聞的青年了？

「艾維斯哥哥是教導我生活與政治的老師。」小公主親自向緋劍家族介紹，可見她對艾維斯的看重。

另外，卡特還發現當莉蒂亞公主看著艾維斯時，女孩那總是掛在臉上、過於世故的笑容淡了一點點，卻多了些孩童應有的純眞。

男子把視線移向小小年紀便老成持重的兒子身上，開始考慮是不是應該請艾維

斯也教一下自家孩子了。

奧汀可不知道父親的想法，他滿臉焦急地向父親說道：「我見過他！他當時與兄長在一起！」

卡特聞言，也驚訝得睜大雙眼，想不到公主殿下的老師竟然是長子葛列格的朋友！

艾維斯賣著關子笑道：「我們先解決掉這些煩人的魔族再說吧！我保證兩位很快便能見到葛列格了。」

面對國家大事，卡特與奧汀這對父子的反應簡直就像一個模子印出來似地，皆非常認真專注地端正起一張臉地頷首應允。然而同一副表情，在卡特臉上呈現的是正氣凜然、充滿氣勢，可在奧汀身上卻意外地有種反差萌……

沒辦法，誰教奧汀的年紀實在太小，無論他如何故作深沉，也只會讓人覺得很可愛。

莉蒂亞公主連連點頭道：「對對！這次偷溜出來，就是來體驗戰爭的！這麼難得的經驗可不能白白錯過了！」

女孩天真無邪的話立即引來卡特二人的注視。

敢情公主殿下之所以出現在危險的戰場上，並不是軍隊須要提升士氣，更加不是她失寵了，而是這個不知天高地厚的小鬼自己偷溜出來的！

兩人不約而同地向莉蒂亞投以譴責的眼神，然而視線在觸及小公主天真無辜的眼神後卻怔了怔，轉而把控訴的目光投放至艾維斯身上。

公主殿下年紀小不懂事，但艾維斯身爲她的老師不但沒有阻止她，甚至還與莉蒂亞一起偷溜，這實在太不像話了！

面對著兩人指控的眼神，艾維斯卻與莉蒂亞老神在在地小聲進行著交流。

艾維斯道：「很厲害嘛！懂得把禍水向東流了。」

莉蒂亞道：「爲什麼是向東，不是往其他方向？」

艾維斯道：「我怎知道，這是思思那邊世界的話。總而言之，是形容妳這種欺師滅祖的人就對了。」

莉蒂亞道：「但事實上的確是老師你說要帶我看看戰爭是什麼樣子的呀！而且對付奧汀哥哥他們這些老實人是老師的專長，所以我才交給你。」

艾維斯道：「奧汀那種程度的妳也能搞定，像往常那樣用甜得膩人的笑容東拉西扯一番就好了，根本不用塞給我。」

莉蒂亞道：「你不知道，緋劍家的能力很討厭，對他們用這招是沒有用的。而且那些貴族的麻煩我不是也替你擋了嗎？」

「好吧！說起來，那個奧林家族的老頭老是找我麻煩，聽說他們的手腳本就不太乾淨，這種蒼蠅還是快點消失比較好。」

「他這個職位牽扯複雜，要花點時間。」

「成交！」

兩人談好了條件，艾維斯便笑咪咪地向卡特二人解釋道：「我這樣做當然有原因。小公主身爲王國未來的繼承人，又怎能不知道戰爭的殘酷？魔族是人類多年的仇敵，正好可以讓殿下知道仇人是什麼樣子。」

青年的微笑讓人如沐春風，然而話裡的意思卻又太沉重，害二人一時間想不到該怎樣回應。

「那也太亂來了！殿下年紀還小，萬一殿下遇上什麼危險……」

艾維斯微微一笑，突然手一揚，一柄小小的匕首便往莉蒂亞身上射去。青年與小公主所站的位置很近，再加上誰也沒想到艾維斯竟然會向女孩出手，當卡特二人想要阻止已來不及了。

此時，伴隨著「嗖」地破空聲，遠處射來一支箭矢，不光後發先至地擊中半空中的匕首，這支箭甚至還射穿了匕首，將其狠狠釘在地面！

雖然艾維斯的匕首只是尋常鋼鐵所製，但那名射手在如此遙遠之處，卻能準確無誤地把它擊中甚至射穿，實力未免也太驚人了！

卡特二人正要衝向突然攻擊莉蒂亞的艾維斯，卻見青年沒事人般地燦笑著擺了擺手，示意他們不用緊張。

「看！有著精靈族的守護，公主殿下安全得很。趁著有這麼強大的保鏢能使喚，放過了見識大場面的機會不是很可惜嗎？」

艾維斯雖然臉上笑得很高興的樣子，心裡卻在抱怨著。心想克里斯還真不能開玩笑，本來只要把匕首擊開就好了，那傢伙是故意射穿匕首的吧!?

不就是攻擊了一下莉蒂亞嗎!?反正自己又不會讓小公主真的受到傷害，克里斯

這一箭警告的意味很明顯，讓艾維斯覺得超委屈的！

那可是他放在身上唯一的一柄匕首耶！

青年剛剛的舉動不只惹火了躲在暗處保護莉蒂亞的精靈，也成功讓素來理智穩重的奧汀炸毛了。他道：「你剛剛在做什麼!?即使有精靈族的保護，也太亂來了！嗯？精靈族？」

罵了兩句的奧汀才驚覺艾維斯話裡的意思。此時卡特已把釘在地面的箭矢拔起，仔細察看過箭上的雕紋後頷首說道：「的確是精靈族的箭，難怪有著如此精湛的技術。」

說罷，卡特一臉不贊同地看著艾維斯，說道：「即使如此，閣下剛剛的舉動實在……」

男子責怪艾維斯的話還未說完，便被滿臉雀躍的小公主打斷：「老師！剛剛你甩出匕首的動作很帥耶！你什麼時候會教我？」

卡特與奧汀交換了一個無奈的眼神，莉蒂亞為艾維斯脫罪的動作實在太明顯了。既然她這個當事人也覺得沒什麼，那他們這些外人就不好多表示意見了。

有了卡特他們帶來的生力軍，本已佔上風的皇家軍更是如虎添翼。王城是國家的心臟，也是集中了不少菁英、臥虎藏龍之處。

如果說西方軍是被惡劣的環境所訓練出來的優秀戰士，那麼皇家軍便是由最優厚的資源培育出來的菁英。他們也許不及西方軍勇猛，卻以陣法及嚴正的紀律著稱。

皇家軍穩穩守護著王城，甚至沒有任何一名魔族能夠越過他們的防線，觸動到王城的防禦結界。

這次魔族的大舉入侵，一向很少出現在人前的高階魔族也傾巢而出。但人類一方也不是吃素的，這些高階魔族自有人類的高手應付。

依照現在的戰況，殲滅魔族也只是時間問題而已，這也是莉蒂亞等人還能在城牆上悠閒觀戰的原因。

魔族侵害人類已久，之所以一直無法徹底消滅他們，不是因爲魔族驚人的恢復力，也不是由於他們強大的實力，主要還是因爲闇之神的存在！

闇之神的體質會自主吸收闇元素，這讓封印之地成了一個充斥著濃烈闇元素的死域，同時也成了妖獸繁殖，以及進階成人形魔族的溫床。即使長駐於邊境的西方軍從不間斷地進行清洗，但一來封印之地的闇元素源源不絕；二來妖獸擅於藏匿，在實力不夠強大之前，也只會去欺侮一下手無寸鐵的平民，強大的直覺更往往令他們避過不少危機。

可現在這些魔族卻在闇之神的控制下死命往王城衝擊，如此一來魔族大部分優勢便形同虛無。如果這次的降魔戰爭人類一方布署得好，也許會是一個徹底消滅魔族的大好機會！

當然前提是，前往封印之地的勇者大人能夠成功將闇之神完全消滅！

艾維斯看向封印之地的方向，喃喃自語地說道：「思思，這次是成是敗全都看妳了。」

說罷，青年正要移開視線，卻因看到奇異的景象而皺起了眉。

艾維斯的異狀引起了眾人的注意力，最先順著青年的視線看過去的莉蒂亞，仰起小臉好奇地詢問：「那邊是要下雨了嗎？」

卡特看著遠方的巨大烏雲，臉上的神情逐漸凝重起來，道：「那是封印之地的上空，受到闇元素影響，那邊應該不會下雨才對。」

此時，一道道閃電伴隨著雷響從烏雲轟下，即使相隔如此遙遠，但身處王城的眾人仍是感受到落雷的驚人氣勢，一些膽小的普通平民看到這一幕，甚至還生出拔腿逃走的念頭！

「到底發生什麼事情了!?」奧汀吃驚地看著不停被落雷轟炸的方向，如果被男孩知道闇之神正處於這片烏雲下方受著萬雷轟頂，只怕他此刻的心情不是吃驚，而是震驚了！

艾維斯靈光一閃，道：「我記得思思自創了一道名爲『大衍神雷』的魔法，雖然我沒有親眼見識過，但這雷雲的陣勢與我所聽說的狀況非常相似……我當時還以爲是那些巨人族誇大了，現在看那些落雷的強度，卻比他們描述得更爲厲害。只怕當時思思用這個魔法轟殺強盜時，其實是有手下留情的吧？」

莉蒂亞立即向一旁的士兵下令：「喚一名巨人族的衛兵過來。」這次的戰爭，被收編進軍隊的巨人族正好在前線戰鬥。

很快地，一名巨人來到城牆上，正是夏思思的小弟阿默。當男子聽到眾人詢問大衍神雷的事情時，這名彪形大漢露出了不堪回首的神情回答道：「當時老大用來對付我們的落雷雖然比遠方所見的小得多，但給人的感覺與聲勢還是非常相似，這些雷電應該同是出於老大的手筆。」

說話的同時，阿默也不禁慶幸夏思思當時手下留情，不然只怕他的小美人阿佳是在劫難逃了。

經過這段時間的瘋狂追求，雖然阿佳對他的態度還是愛理不理，見面時也沒有多少好臉色，卻已開始有點鬆動的跡象了。阿默看到了曙光的同時，追求也就變得更加熱烈。現在阿佳幾乎已是他的心頭肉，一想到他的小美人當時差點兒便沒了，阿默便感到一陣悚然。

獲得阿默的確認後，眾人面面相覷。夏思思一向是能省一分力絕不會多出一分的性格，能讓她如此使出渾身解數的敵人到底有多可怕？

眾人腦海裡不約而同地幻想著，勇者大人與闇之神展開一場動人心魄的戰鬥場面，頓時覺得熱血沸騰起來！

大衍神雷的攻擊終於逐漸沉寂下來，不久，遠遠可見一股濃烈的暗黑元素籠罩在封印之地的上空！

眾人見狀，同時心頭一緊。

這是闇之神的攻擊嗎？難道連思思的絕招也無法撼動他分毫？

眼前所見的景象絕不是個好兆頭，眾人皆爲勇者等人的安危擔憂。突然一道充滿神聖氣息的光芒破開了瀰漫在西方的闇元素，就像晨曦破曉的光芒般燦爛奪目。

隨即一光一闇兩種力量纏鬥起來，那來自於神祇的威壓讓遠在王城的眾人也感到戰慄！

「那是……難道是眞神親自降臨封印之地!?」

「一定是了！也只有眞神的神力才能如此強大、溫暖而光明。」

「果然是因爲思思這名勇者太不可靠，所以眞神只好親自出馬嗎？」

「對對！必定是這樣了！也沒聽說過哪代的降魔戰爭須要眞神親自出馬。」

「就是嘛！」

如果讓夏思思聽到他們現在的討論，必定會氣得吐血……

在兩股神力交鋒之際，城牆外的魔族突然力量大增，本來已是不顧性命的攻勢變得更為凶猛殘暴。一些低階妖獸甚至還紛紛自爆，對人類士兵造成重大傷亡。

莉蒂亞掩嘴驚呼：「天啊！他們都瘋了！」

再這樣下去，即使人類能獲得最終勝利，但所付出的代價必然不輕，甚至還會動搖國家的根本！

艾維斯皺起了秀氣的眉，道：「不是他們瘋了，瘋的是闇之神，是闇之神命令他們去拚命！」

看著愈來愈多的魔族自爆，眾人臉色愈來愈不好看。他們有心要士兵們撤退，可是沒有軍隊阻擋，萬一讓魔族衝破結界、闖入王城自爆，後果更是不堪設想！

愈來愈多魔族自爆後，士兵的臉上開始浮現出恐懼的神色。即使是再勇猛的士兵也是人，面對死亡的時候仍是會畏懼。

然而士兵卻明白自己的退縮會造成大量平民死亡，他們的背後保護著的是每天見面時都會打招呼的鄰居，是從小一起長大的好友，是養育他們成人的父母，是他們摯愛的妻兒！

因此即使明知敵人隨時會自爆，即使他們的臉上滿是懼意，但這些士兵仍是咬緊牙關向敵人衝去！

每一頭妖獸自爆都帶走數條性命，場面非常慘烈。

卡特的手緊緊握成拳頭，此刻他眞想衝到戰場與士兵們一起並肩作戰，可惜這裡的眾人都以他馬首是瞻，他的身分也註定他不能任性衝動。

莉蒂亞看得滿心不忍，雖然小公主比一般尋常孩子成熟，但她終究只是個五歲的孩子，這種場面對她來說還是過於殘酷。

就在敵我雙方的傷亡數字皆以恐怖的速度迅速增加時，遠方的天空出現大量黑點。黑點的速度很快，瞬間便從視線裡模糊的黑點變成一頭頭體型龐大的巨龍！

是龍族！

領頭的是一頭金黃色的巨龍，牠的體積在同伴之中不算巨大，可一身金光燦爛的鱗片卻非常惹人注目，再加上牠渾身散發著其他巨龍無法比擬的強大威壓，讓人一眼便看出牠的不凡。

看到那頭黃金龍的瞬間，艾維斯露出了如釋重負的笑容。隨即青年下令：「讓

士兵們後撤！盡量把魔族大軍聚集起來，圍困在城外空地！」

身為小公主老師的艾維斯雖然身分尊貴，但面對這種重大決策時，將領們猶豫了，皆不約而同地把詢問的視線投放至卡特身上。畢竟卡特與艾維斯不同，這位緋劍家前任家主雖然把爵位交給奧汀繼承，可在軍隊中卻是有著不可動搖的威信。

卡特不明白艾維斯為何會忽然下令士兵退讓，同時龍族的出現也令男子感到史無前例的壓迫感。但他最終還是選擇相信艾維斯，向將領們點了點頭，示意他們聽從艾維斯的命令。

士兵開始後撤，並有目的地將魔族聚集在一處。魔族的攻擊力雖然強，可是沒有靈智的妖獸卻佔大多數，輕易便被士兵引誘至空地上。過程中，巨龍們一直在上空盤旋，也讓弄不清楚龍族到底想做什麼的人類膽戰心驚。

不少人皆神色凝重地注意著龍族的動靜，由於人族與龍族之間長久以來的關係並不友好，雖然有傳言勇者夏思思曾與龍族合作，但眾人還是不認為龍族會為了人類而舉族出動。反而大部分的人都在警戒，深怕龍族會在人魔兩族兩敗俱傷時佔便宜。

當魔族被聚集起來後，盤旋於半空的龍族突然下降，並張口噴出熾熱的龍炎！

龍炎是龍族的天賦技能，絕不是尋常妖獸所能抵擋。只見不少低階妖獸在龍炎下燒成灰燼，即使是高階魔族也因而受到重創，被外圍虎視眈眈的人類高手乘機滅掉！

人類一方爆發出浩大的歡呼聲，到了此時，他們才確定眼前這些巨龍是來幫忙的。如果作為敵人，龍族無疑非常可怕，可作為同伴，卻是意外地強大可靠！

領頭的黃金龍拍動翅膀飛至城牆前，雖然黃金龍的體型在龍族中只是中等大小，但對人類來說，近看仍是非常壯觀。尤其黃金龍那自然散發出來的淡淡威壓，讓城牆上的將領們感受到不少的壓力。

在眾人驚疑不定的注視下，艾維斯舉步上前，揶揄地笑道：「太慢了！要是你再晚來一點，也許便要替我們收屍了。」

眾人聞言皆倒抽一口氣，黃金龍代表的意義他們是知道的，這頭巨龍說不定便是龍族的王。這個人竟然用這種語氣與龍王說話，他是活膩了故意找死嗎？

這頭黃金龍正是把妹妹護送回龍族、順道搬救兵來幫忙的諾頓。他並沒有如眾

人所預想般，一掌將艾維斯拍扁，而是口吐人言地說道：「抱歉，我想不到闇之神會突然打破封印，大家還好吧？」

「思思他們到封印之地去，把我留下來看家。莎莉現在怎樣了？」

「有心了，她的狀況不錯，應該很快便能恢復過來。」

聽著一人一龍熟絡地打著招呼，一眾將領的下巴都快掉到地上來。

這是什麼超展開？龍族依約來幫忙也罷，公主這名年輕的老師到底是什麼來頭，竟然能與一頭黃金龍套交情？

「趕來王城時，我看到各城鎮都受到魔族的入侵。我們想要幫忙，可那些士兵不肯聽從我們的要求行事。龍炎的攻擊範圍廣，容易造成誤傷，得要士兵們配合才行。」

艾維斯點了點頭，道：「我和你們同行吧！有人類在，他們比較好說話。還有莉蒂亞，那些將領和貴族也認得她。」

艾維斯並沒有忘記剛才一眾將領面對他的命令有所遲疑一事。當然他也明白這是由於他的威望仍未建立。現在正好藉著這個機會在軍隊中混個熟臉。

說罷，青年便抱起小公主躍至黃金龍背上。由於已有過一次乘龍的經驗，因此身處龍背的莉蒂亞一點兒也不害怕，反倒是將領們差點被艾維斯的動作嚇死了，深怕他們尊貴的公主殿下下一秒便會被黃金龍一口吞掉。

你以為黃金龍是你家養的寵物，什麼人都可以騎上去嗎!?

然而事實卻是黃金龍任由二人躍上牠的背，還很有禮貌地向城牆上的眾人點頭示意後，才帶領著群龍向其他戰場飛去……

ch.8
原委

在龍族加入戰鬥的同時，封印之地中兩位神明的戰爭也進入白熱化階段。

卡斯帕與羅奈爾得的力量一直處於伯仲之間，本來因爲受到結界的反噬，卡斯帕曾一度面臨神力枯竭的危機。所幸母樹把他當年所贈予的神力回饋給他，結果卡斯帕不但保住了小命，實力更因而壓過羅奈爾得一籌！

闇之神終於開始顯露敗跡，卡斯帕見狀，更是毫不留情地每一招都是殺著。羅奈爾得心裡的殺意並沒有因勢弱而消散，反而益發猛烈。外界的魔族正是受到他的情緒影響，才會紛紛自爆。

此時，他已暗自決定抓準時機，把屬於他的整個領域自爆，一個小世界的毀滅足以摧毀半個安普洛西亞王國！

於是羅奈爾得故意露出一個破綻讓卡斯帕近身，果然少年不疑有詐。就在羅奈爾得要催動領域自爆之際，卡斯帕的攻擊卻突然停頓下來，同時夏思思也大聲喊道：「小帕，住手！」

卡斯帕之所以停下來，並不是因爲夏思思的呼喊，而是因爲他的神力突然自主停頓下來，無論怎樣催動都無法順利運行。

「母樹，妳是什麼意思？」卡斯帕也不傻，很快地，他便猜到是誰對自己的神力做了手腳。

畢竟少年領受母樹贈予的神力時間相當短，還沒來得及將其煉化，便迫不及待地趕往戰場了。由於這股神力源自於卡斯帕，因此母樹能夠將其回饋給他。同一道理，這股神力早已沾染上母樹的氣息，再加上卡斯帕又來不及將它眞正收爲己有，結果便造成一身神力被母樹控制著的尷尬境況。

紮根於原野的母樹雖然無法離開本體太遠，然而她卻可以把意念依附在物件上。就像先前，母樹便是將意念附於一枚原野種子上。但卡斯帕怎樣也猜不到，她竟然偷偷將意念轉移在贈送給他的神力裡！

想到這裡，少年不禁嚇出一身冷汗，要是他把這股神力煉化掉，母樹這股附在上面的意念便會隨之受到毀損，對她的本體絕對會是嚴重的打擊！

眞是太亂來了！

聽到卡斯帕的質問，羅奈爾得也嚇得立即把攻向卡斯帕的暗黑力量消去。以母樹愛玩的性格，她不是第一次把意念附在其他東西來惡作劇，但最讓闇之神受到驚

嚇的還是這一次。

這種意念的運用其實還是羅奈爾得教她的，奈伊便是繼承了這種天賦本能，在被封印時才不至於對世界的一切懵然不知。

可現在羅奈爾得卻後悔把這神通教曉母樹了，只因如此一來，卡斯帕也不會在比拚神力時勝他一籌，母樹亦不會陷於危險的境況。要知道他剛剛可是打著與卡斯帕同歸於盡的主意啊！

要是卡斯帕真的被消滅，那麼母樹的意念也會因而受到重創！

聽到卡斯帕的質問，一股淡金色的神力自主飄浮於空中，凝聚成母樹的俏麗容貌。只見位處兩名神祇中間的母樹沒有絲毫膽怯，大有一種吃定了兩人不會對她出手的架勢道：「還用問嗎？我自始至終都是那個意思，就是要阻止你們打架！」

說罷，母樹張開雙手，呈現出保護羅奈爾得的姿態。明明都是個當媽的人了，偏偏言行卻像個任性的小女孩。

曾經獲准進入原野的只有夏思思與奈伊二人，因此一眾聖騎士並不知道這個突然出現的少女是誰。見她阻撓真神的攻擊，埃德加等人便想要向她出手。後來還是夏思思阻止了眾人，並告訴他們母樹與眞神的關係，眾人才打消了攻擊她的念頭。

「難道……闇之神是因爲顧忌母樹所以才住手的？」

「怎麼可能！他可是闇之神！是邪惡的化身！」

「對，魔族是沒有感情的。」

「那奈伊與小妖是怎麼一回事？如果不是顧忌殃及母樹，你怎樣解釋現在的狀況？」

因爲母樹的插手，讓聖騎士對闇之神有了新的認知。這對於從小便被灌輸羅奈爾得是萬惡根源觀念的埃德加等人來說，實在是一個很大的衝擊。

雖然受到母樹的保護，可羅奈爾得卻不領她的情，道：「讓開！這是我與卡斯帕的恩怨！」

「你所說的恩怨是什麼？是指殺死喬納森一事嗎？」

發言的人出乎眾人意料，場面倏地一靜，隨即眾人不約而同地把視線投向夏思思身上。

剛剛的話竟是她說的！

「思思……」看到兩名神祇都往少女的方向看去，奈伊有些緊張地把她擋在自己身後。

「沒關係的，奈伊。」夏思思擺了擺手示意沒事，隨即便越過奈伊，往眞神等人的位置走去。

奈伊與夏思思二人之間親暱的氣氛讓闇之神感到很訝異，見到少女竟然不怕死地向他們走來，男子皺起了眉，卻沒有向對方出手。他道：「我與卡斯帕的事用不著妳來管，妳還沒有這個資格！」

聽到羅奈爾得很不客氣的發言，夏思思眞想大吼一聲：「要不是你們的恩怨害得我們要在這裡拚死拚活，我也不想管你們啊！」

本以爲天塌下來也會有高個子頂著，怎料穿越以後，這裡的人都要她這副小身子來頂，現在還要被人嫌棄她多事，夏思思眞的覺得自己好委屈！

卡斯帕竟然也和羅奈爾得一個鼻孔出氣，道：「思思，妳別摻和進來！」

夏思思用鄙視的眼神白了卡斯帕一眼。什麼叫過河拆橋？這就是了！明明先前還把所有責任推在她身上，現在眞神大人威風了，便不讓她插手了嗎？世上哪有如此好康的事？

夏思思瞪著眞神的無禮視線似乎取悅到羅奈爾得，只見闇之神的眼中閃過一絲興味，竟然任由少女走到他們面前，也沒有出手攻擊。

看到夏思思走了過去，米高皺了皺眉便想往外退。此刻眾人的注意力都放在夏思思身上，就連奈伊也沒有注意到少年的舉動。

突然，一隻有力的手抓住了少年瘦弱的手臂，道：「米高，你要去哪裡？」

米高的瞳孔收縮了下，眼中透露出一絲猙獰。但這眼神只一閃而逝，他很快便又再變回那個唯唯諾諾的少年。「呃……勇者大人這樣做很危險，我怕她會刺激到闇之神攻擊，萬一波及到我的話便糟糕了，所以……」

埃德加放開手，拍了拍少年的肩膀，道：「你離我們太遠的話反而更加危險，誰也不知道封印之地還會隱藏著什麼。」

少年乖巧地點點頭，跟隨埃德加回到團隊中。

夏思思並沒有理會這個小插曲，只見少女不但對眞神不假辭色，就連面對闇之神時也是隨意得很，她道：「你還沒回答我的問題呢！」

她當然不害怕了。夏思思本來就不是這個世界的人，她這個無神論者並沒有面對神明時應有的敬畏，何況她早已知道這兩名所謂的「神祇」的真相，自然將自己與他們放在平等的位置。

再者，現在的卡斯帕絕對可以完爆闇之神，有他作後盾，夏思思完全有著狐假虎威的資本哪！

羅奈爾得有點愕然，他已經很久沒有被人如此隨性地對待了。看這名人類女孩笑咪咪的模樣，他剛才的狠話就像一拳打在棉花般無力。

夏思思挑了挑眉，道：「不敢說嗎？果然是你理虧吧？」

卡斯帕眞想要掩面，不再看下去，那麼幼稚的激將法到底想要做什麼？

旁觀的同伴們也是嘴角一抽，就只有母樹覺得很有趣地咯咯嬌笑，反正勇者丟的並不是她的臉。

羅奈爾得被少女糾纏得沒了脾氣，先前他只是單純地不想理會這個黃毛丫頭，可對於夏思思詢問的事情，他卻沒有什麼是需要隱瞞的。

想到這次戰爭自己還是敗在卡斯帕手上，闇之神便感到心灰意冷。有母樹在這裡，他是無法利用自爆來與對方同歸於盡的了。把事情說出來，讓卡斯帕的信徒知道他們信仰的神祇的眞面目，也不失爲一個報復的好方法。

於是羅奈爾得冷冷說道：「我殺了他又怎樣？那個人該死！」

「你！」卡斯帕憤怒地怒瞪著闇之神，如果沒有母樹阻攔，也許少年已用聖光將對方轟殺了！

羅奈爾得對於卡斯帕的憤怒無動於衷，少年看到對方冰冷無情的樣子，不免心裡難受，這也是他不願意親自面對闇之神的主要原因。只因男子的反應總是不停地提醒著他，那個包容寵溺自己的友人已經不在了，現在在他眼前的只是名殘暴冷酷的劊子手！

「你怎能這麼說!?」卡斯帕的眼眶都紅了，半是生氣，一半卻因爲難過：「喬納森對我們那麼好，他把我們帶走，替我們解除了賤籍，還幫我們了解自身的力量。雖然他的出發點也有個人的利益因素在，但也是眞的幫助了我們。你私自利用喬納森的實驗成果來創造高階魔族，用魔力重創他，現在還這樣說他？你果然已經不是我所認識的羅奈爾得了！」

聽到眞神的一番話，眾聖騎士全都露出古怪的神情。性子最急的泰勒張口便想要詢問，卻被埃德加搖了頭，示意他不要說話。

面對下屬不服氣的眼神，埃德加一臉凝重地說道：「在這裡無論聽到什麼，到了外面都不要說出去。即使有任何疑問，也給我爛在肚子裡！」

埃德加積威日久，眾人對他還是很信服的。看青年聲色俱厲，他們也明白到事情的嚴重性，皆頷首答允下來。

受到卡斯帕斥責，羅奈爾得卻沒有預期中的暴怒與恨意，銳利的眼瞳一反常態地展露出困惑與迷茫，道：「我私自創造高階魔族？」

卡斯帕氣極反笑地道：「你裝什麼糊塗？不是你難道會是我嗎？」

羅奈爾得定定地看著卡斯帕，專注的模樣彷彿要看穿一切僞裝，探究出對方眞正的想法。

卡斯帕被男子的眼神盯得渾身不自在，自從喬納森過世後，卡斯帕每次與羅奈爾得見面，總是一相遇便立即出手想置對方於死地，從沒有像現在般如此平靜地面對面。結果少年驚訝地發現闇之神對自己雖然充滿了仇恨與殺意，但他卻很清醒、很理智，並不如自己所猜想般被闇元素侵襲了心智。

只見羅奈爾得一雙深邃漆黑的眼瞳浮現出無法置信、狂喜、震驚、憤怒、憎恨等複雜無比的情緒，隨即男子淡淡詢問：「這是喬納森對你說的嗎？」

雖然他的語調很冷硬，但熟悉男子的卡斯帕還是感覺到在那冰冷的語調下隱藏著的期盼。

感到莫名其妙的卡斯帕不耐煩地皺起了眉，道：「你到現在才想要否認嗎？我是親眼看著你事敗後擊傷喬納森，然後在我眼前畏罪逃走的！整個過程我也……」

「研究創造高階魔族的人不是我，是喬納森。」

「什麼!?」卡斯帕幾乎以為自己聽錯，不確定地反問。

「我說研究創造高階魔族的人不是我，是喬納森。」羅奈爾得面無表情地把話重複了一遍。

「不可能！」卡斯帕睜大一雙藍寶石似的眼眸反駁道：「如果你說的是真的，那你當時為什麼要逃？」

「當年我無意中揭發喬納森的野心，他告訴我這事情你也有參與，而當時你也

確實向我出手攻擊了。」

卡斯帕倔強地說道：「我不信！既然你沒有做，那爲什麼要統領魔族與人類作戰？」

羅奈爾得淡淡說道：「我不這樣做還能有活路嗎？我是誰？我是魔族的根源！你與喬納森聯手想要殺死我的話，必定會把我推向人類的對立面，難道我還要坐以待斃嗎？別忘了你們在那次以後，確實是把一盤又一盤髒水往我身上潑的！」

雖然男子很平淡地說著這番話，並沒有太強烈的指控，可卡斯帕聽到對方的話還是覺得很心虛。

即使當時羅奈爾得已正式站在人類的對立方，可是他與喬納森卻把魔族的事一股腦兒地推在羅奈爾得身上，這確實很不公道。

從談話開始，羅奈爾得便一直觀察著卡斯帕的反應，直至此時男子總算確認了什麼般鬆了口氣，圍繞在身上的殺意盡數散去，嘴角勾起一個欣慰的微笑，道：「我一直以爲你有參與喬納森的野心，似乎是我誤會了。」

卡斯帕怔怔地看著羅奈爾得柔和下來的臉，心裡泛起驚濤駭浪。他一直認爲奈伊是由羅奈爾得創造出來的，男子打破了他們的約定，擊傷了喬納森逃走以後，更統領魔族與人類開戰……但原來一直都是他誤會了嗎？

原來，是喬納森在騙他？

卡斯帕已經不知道自己該相信誰了。羅奈爾得所說的話全部說得通，聽起來也很合理，而且男子一直以來也的確對於他扮演眞神一事不是太上心，反而喬納森一直對此非常積極。

卡斯帕只覺多年來的信念轟然塌下，雖然他沒有表態，但任誰都看得出少年動搖了。

「也就是說，你從未受到闇元素的影響？」

「不，也不能說從來沒有。」羅奈爾得說道：「在我揭發喬納森的野心，並以爲你背叛了我以後，我的心神確實曾一度失守，被仇恨等負面情緒掌控。後來受到封印多年，靜下來以後反而能夠擺脫這些情緒的控制。現在只要情緒不要有太大的波動便沒有問題；而且我還發現這些封印用的晶石有助我壓抑闇元素的影響。」

此時思思突然說道：「在我的世界，傳說要修仙的話必須先破心魔度天劫。你

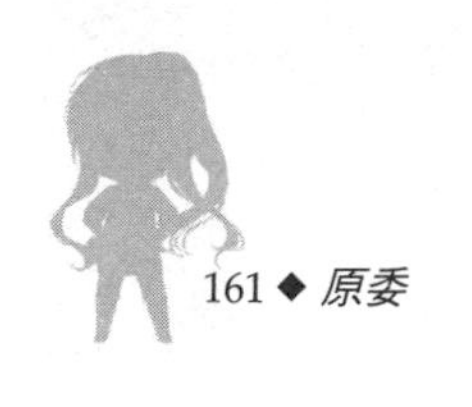

們既然要成神，那有心魔也很正常啊！」

「心魔……」闇之神仔細咀嚼這兩個字，似乎覺得這個陌生的詞語很有意思。

「但創造出高階魔族，對喬納森來說根本沒有任何好處啊！」卡斯帕的心其實已經偏向信任羅奈爾得了，但對喬納森的情誼還是讓他做出最後的掙扎。

羅奈爾得冷哼一聲，道：「誰知道那個人到底想做什麼，也許他想利用戰爭來達到一些利益；也許他只是單純想要研究。鍊金術師都是些瘋子，誰知道他的腦袋到底在想什麼。」

這番話說得很不客氣，畢竟喬納森從一開始給他的印象便很不好，相處下來以後，他更覺得這個人功利心很重，無論做任何事都是爲了達成自己的某些目的。之所以會走在一起，也是因爲互相利用，當然其中也有一些卡斯帕的因素在。

只是他卻想不到那個人會如此不擇手段，他本以爲喬納森做事會有自己的底線，結果是他錯了，還因而付出了很大的代價。

卡斯帕看著羅奈爾得如此理直氣壯地對喬納森冷嘲熱諷，以他對對方的認識，羅奈爾得是眞的沒有說謊。這個人有著一身傲骨，活得很坦然，不像喬納森有那麼多心思。老實說，如果不是有這些年的堅持，以及先入爲主的想法，以兩人間的關係，卡斯帕一定會毫不猶豫地選擇相信羅奈爾得。

卡斯帕抿了抿嘴，也散去了一身殺意。母樹知道少年不會再向羅奈爾得發動攻勢，便停止了對闇之神的保護，安慰著失魂落魄的卡斯帕，道：「我說你們兩人也眞是的，怎麼這麼容易便被人煽動，拚死拚活這麼多年也不知道眞相？如果不是思思激得羅奈爾得把事情說出來，你們不就一直誤會下去了嗎!?」

聽到母樹的話，卡斯帕回想先前少女的舉動，都是有目的地引導他與羅奈爾得把話說開。隨即少年不禁想起夏思思出發前與自己的對話……

「卡斯帕你別一臉不情願，我包準你跟著我們過去的話一定會有……」

「會有驚喜？」

「會有驚嚇。」

好吧！還眞的是場不小的驚嚇……

卡斯帕看向夏思思：「妳早就知道了？」

「嗯，我的確是有這種想法……」

「妳爲什麼不告訴我!?」

「如果我告訴你，你會相信？」

卡斯帕頓時語塞。

夏思思可不會理會眞神大人的臉色愈來愈差，只見少女理直氣壯地反駁道：

「我想母樹也沒少勸說你吧？你一定是強硬地認爲喬納森死在羅奈爾得手上，這事情已完全沒有轉圜的餘地了，所以完全不想再談這事情了吧？」

卡斯帕沒有說話，母樹卻拍掌笑道：「妳說得太對了！」

一旁的羅奈爾得驚奇地盯著夏思思看。

這女生與卡斯帕說話時的神情實在太肆無忌憚了，而且看起來與母樹的交情也不錯，對他們的事情亦所知甚詳。

感受到羅奈爾得的視線，夏思思睜著一雙黑褐色的眼眸筆直地回望過去。本來少女對這些所謂的神祇便沒有多少敬畏，現在兩人的誤會解開以後，夏思思就更加不怕他了，反倒是闇之神因少女大膽的舉動而面露驚愕。

卡斯帕暫時仍未能對喬納森的眞面目完全信服，但相信接受事實也只是時間問題。母樹見狀，便散去了附在神力上的意念，使用這種能力後，她的精神力幾近枯竭，必須好好休養一番。

以夏思思的惰性，事情發展至這一步已可算是功德圓滿。卡斯帕他們打算怎樣處理闇之神，是囚是殺都不關她的事。可惜夏思思卻在調查的過程中，察覺到更爲驚人的眞相！

對於要不要曝光這事情，其實少女也很糾結。她並不希望節外生枝，因爲這是一切麻煩的代名詞。

但就這樣置之不理，夏思思卻又心裡不安。最重要的是，把事情就這樣放任不管的話，往後也不知道還會不會鬧出什麼妻子。

就在夏思思掙扎著要不要把自己的想法說出來時，一陣倔強又堅定的嗓音懷著怒意低吼：「眞神大人，請原諒我的無禮。可羅奈爾得罪孽深重，我們絕對不能放過他！」

ch.9
真正的凶手

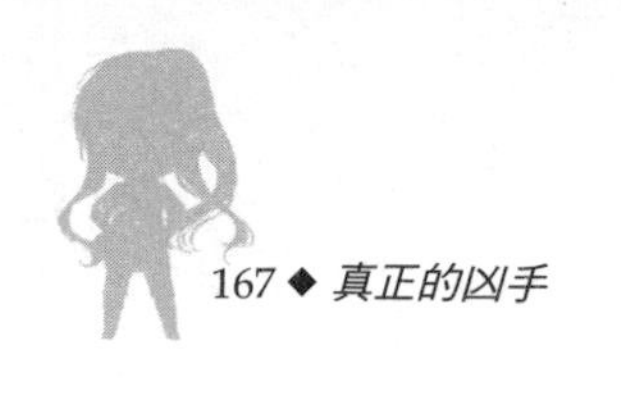

眾人聞言看去，只見發言的艾莉看著羅奈爾得的眼神充滿著恨意，眼眸裡彷彿正燃燒著熊熊怒火。

艾莉本來就是天不怕、地不怕的個性，雖從小的教育讓女子對神明心存敬畏，可是她一想到瑪麗亞的死狀，實在無法忍受身爲罪魁禍首的闇之神能逍遙法外！

艾莉不管事件的起因是什麼，她也不理會羅奈爾得是否出於任何誤會、或是有什麼苦衷，她只知道一定要爲瑪麗亞討回公道！

看到艾莉在眞神面前如此放肆，埃德加這次卻沒有說話。艾莉無法放下瑪麗亞的事情，同樣地，埃德加又怎能容許亞伯特白白枉死？

本來還對是否要把眞相攤出來這點搖擺不定的夏思思，在聽到艾莉的話以後卻是下定了決心。她與死去的瑪麗亞和亞伯特並沒有太大的交情，可是艾莉與埃德加卻是她很重要的朋友；而且羅奈爾得若有什麼事情的話，卡斯帕也難免會傷心。

少女假咳了聲，瞬間吸引所有人的注視，她道：「殺死瑪麗亞與亞伯特的凶手，應該不是闇之神。」

夏思思語出驚人，短短的一句話便把大家都震住了。

「思思，妳知道凶手是誰？」艾莉睜大雙眼。

少女卻沒有理會一臉焦急的艾莉，只見她看向卡斯帕與羅奈爾得，臉上的神情是少有的凝重。她道：「小帕，在聽了你的過去後，我不禁產生了一個疑問——喬納森眞的死了嗎？」

卡斯帕皺了皺眉，張嘴想要說話，夏思思卻擺了擺手打斷他，道：「你先別急著反駁我，讓我把話說完。」

看到少年無奈地頷首，夏思思便繼續開口：「喬納森是個熱衷於研究的天才，利用羅奈爾得的血液創造了魔族的他，眞的會對魔族的血毒束手無策嗎？他長期研究魔族的血液，就從來沒有想要研究出解毒的方法？」

「何況根本沒有人親眼證實喬納森的死亡。他把山洞的出入口炸毀，但本人眞的已經死了嗎？身為一個出色的鍊金術師，在有準備的狀況下，要自編自導自演一場好戲並不難。」

夏思思說到這裡頓了頓，見卡斯帕的神情愈來愈難看，只得暗暗嘆息了聲。她明白少年的心情，但還是硬起心腸續道：「由於沒有證據，因此這疑問我只是放在

心裡，卻也沒有對此太在意。後來因爲生命藥劑的事，得知存放於王城的生命之樹樹葉無故變得殘缺不全。生命之樹的樹葉是少數能夠袪除魔毒的材料，於是我開始把事情聯想在一起，並且暗暗留上了心。」

「因爲早有了喬納森也許是假死的想法，所以我便開始猜測那樹葉會不會是他用來袪除了魔毒？於是我請泰勒幫忙，查了下當年生命之樹樹葉缺少部分的去向。雖然找不到確實的時間，但根據記載，樹葉是在菲利克斯帝國改國名爲安普洛西亞王國以前便發現了缺失，如此一來時間也對得上了。」

聽到夏思思的話，埃德加等人不由得恍然大悟。難怪亡者森林的少年們離開以後泰勒並沒有立即歸隊，原來是被勇者拉去當苦力了。

想到自家隊員隱瞞自己行事，埃德加有點不爽地瞪了泰勒一眼，這讓泰勒欲哭無淚地苦起了臉。心想這段時間自己到底走什麼霉運？先是被人丟在亡者森林，然後又被夏思思指派了奇怪的祕密任務，現在還要被隊長埋怨……他容易嗎他？

不理會內心飆淚的泰勒，少女續道：「後來便是亞伯特的事情，殺死他的凶手矛頭直指闇之神。可是以我對闇之神的了解……咳！小埃你別問我，總而言之，我就只是曾聽過一點他的往事而已……據我所知，羅奈爾得不像是那麼無聊的人，會故意以把人拉入魔道爲樂。然後亞伯特的死亡又牽扯出瑪麗亞的事情，因爲現場實在有太多疑點了，直到那個時候，我終於把一連串事件串在了一起。」

「疑點？」

面對凱文的疑問，夏思思並沒有直接說出答案，而是反問：「凱文，你還記得當時進入木屋時的情況嗎？」

凱文愣了愣，回想了下後答道：「我記得我們先在外面敲門，後來因爲瑪麗亞小姐沒有回應，事態緊急下，艾莉便用祕銀破門而入。進去後，看見一屋凌亂，不少裝置已被凶手破壞，而瑪麗亞小姐的屍體則倒臥在牆角……怎麼了？這有什麼奇怪嗎？」

夏思思嘴角一抽，心想我都提示得這麼明顯了，竟然還沒有人發現到不對勁？

身旁傳來一聲驚呼，只見卡斯帕略帶焦急地求證道：「凱文，你是說當時你們是破門而入的？」

聽到卡斯帕的發問，夏思思知道他已經抓住重點，忍不住滿意地點點頭，至少

不是所有同伴都那麼笨。

面對眞神的詢問，凱文拘謹得連雙手也不知道該擺放在哪兒，他道：「是……是的！」

相較於凱文，艾莉的膽子大了些，再加上剛剛她才向眞神抗議過，懷著死豬不怕開水燙的心態，道出了眾人心裡的疑問，「當時瑪麗亞已經遇害，米高又躲在實驗室裡，自然沒有人幫我們開門……這有什麼問題嗎？」

埃德加皺起眉，他覺得好像想到了什麼，卻又抓不住重點。

回答艾莉的人是夏思思，道：「所以說凶手殺了人以後，離開時還順道把門關上，甚至還將門反鎖？」

「咦!?」

此時眾人全都明白少女到底想說什麼了。仔細一想，這事情確實有點奇怪。

「會不會是凶手使用空間魔法？」奈伊問。

夏思思還未發話，艾莉已否定了這個可能性，「不會的，瑪麗亞的防護裝置不會不防這一點。」

「凶手從窗戶出入？」泰勒的猜測獲得眾人一致鄙視，那個凶手殺人以後是有多無聊，才會有正門不走選擇跳窗啊？

夏思思假咳了聲，說道：「基本上像木屋那種情況，在我的世界稱之為『密室』。然後在密室裡殺人的話，基本上身處木屋裡的人嫌疑最大。」

說罷，除了不明狀況的羅奈爾得，所有人都把視線轉向站在最後頭的米高。

面對眾人的注視，少年一臉不知所措，那弱勢的形象看起來既無害又無辜。

「米高？不可能！殺掉瑪麗亞對他來說有什麼好處？」艾莉立即激動地維護著少年，辯道：「不要說動機了，即使米高有這個心，他也沒有這個實力殺死瑪麗亞啊！」

聽到艾莉的話，米高立即點頭如搗蒜。

「我沒有說一定是米高。」

「咦？」

「艾莉，你還記得奈伊曾說過，在木屋裡感受不到人類死前的恐懼嗎？如果瑪麗亞小姐是自殺呢？」

「怎麼可能!?瑪麗亞好端端的，她爲什麼要自殺!?」

「我除了拜託泰勒幫忙調查樹葉的事情外，還請他替我查了些其他事情——主要是瑪麗亞小姐的出生，以及她與阿爾的關係。」不理會艾莉，夏思思逕自說道：「聽說阿爾當年曾瘋狂追求瑪麗亞，但後來不知從什麼時候開始便放棄了，而且還忽然與她疏遠，有點像是故意撇清關係似地。另外，在瓊安被神祕醫生騙取信任，喝下混有魔族血液的藥物時，不止阿爾，瑪麗亞當時也不在城堡，有人在緋劍家族的大宅附近看到她與阿爾一起出沒。」

「……思思，妳想說什麼？」

「我想說的是，瑪麗亞與阿爾會不會是一伙的？當年阿爾放棄挾持地位較高的恩伯特博士，改而選擇瑪麗亞，是否是因爲瑪麗亞是他的同伴，如此一來，在逃亡的過程中比較順利？如果瑪麗亞一直在研究特殊體質，那她一直在艾莉妳的身邊，會不會是看中妳的祕銀適合者身分？另外，她在妖魔之地利用小動物做研究，這到底是爲了艾莉還是因爲她自己的野心？亞伯特死前要小埃小心妖魔之地，到底是因爲瑪麗亞有危險，還是因爲他之所以變成魔龍，就是瑪麗亞的緣故？」

夏思思一連串的問題雖然全都只是猜測，並沒有眞憑實據，可卻又令人無法反駁。如此一想，瑪麗亞的事情的確處處透露著疑點，可惜現在她與阿爾都死了，眾人已經無法獲知其中眞相。

「羅奈爾得，你老實告訴我，是不是你把亞伯特領主變成魔龍的？」卡斯帕霍地抬頭，他已經受夠了誤會，這次無論如何都要把事情問清楚！

「不是。」闇之神的回答很簡潔，也很坦然。

「有證據嗎？」

「沒有。」同樣簡潔的答案。

卡斯帕迎上他的視線，羅奈爾得向來沉默寡言，可他那深邃的眼神卻彷彿能夠說話似地。少年忽然察覺到爲什麼初見夏思思時，他會對少女那麼有好感了。

除了因爲夏思思的舉止實在有趣以外，也許是因爲她看人時的眼神與羅奈爾得非常相似吧？

沉默良久，卡斯帕倏地向闇之神露出了笑容，道：「沒證據沒關係，我相信你！」

少年突然展露出來的笑容非常燦爛美麗，就如一道曙光般瞬間照亮了羅奈爾得陰暗多年的心。

闇之神微微勾起嘴角，「有你這句話就足夠了，其他人怎樣想我並不在乎。」

說罷，也許是不希望卡斯帕因爲自己而難做人，羅奈爾得皺起眉頭想了想，道：「其實也不是沒有證明的辦法……」

卡斯帕驚喜地睜大雙眼，道：「有方法的話你就快點說，這很重要！」

「關鍵在牠身上。」羅奈爾得伸手指了指小妖，道：「曾爲高階魔族，雖然他們轉變了形態，但靈魂的本質是不會改變的。如果牠願意不抵抗，開放靈魂任憑我搜索，應該可以查探出你們口中領主的事情。」

闇之神的話才剛說完，小妖立即「嗄」地一聲炸毛起來！

「思思。」卡斯帕沒理會小妖，轉而看著一旁的夏思思，神情帶有一絲懇求。

夏思思拍了拍炸毛的小妖，道：「你就讓他們看看吧！反正又不會少塊肉。」

小妖弱弱地叫了聲，一臉不情願。

少女見狀笑道：「我想你如果願意幫忙，大名鼎鼎的闇之神應該不會吝嗇，總會拿出一點誠意來的，對吧？」說罷，夏思思向羅奈爾得燦爛一笑，表情就像頭狡猾的小狐狸。

看在卡斯帕的份上，這個忙夏思思是必定要幫的。但在幫忙之餘，少女也不忘替小妖爭取一些報酬。

雖然羅奈爾得已是強弩之末，但瘦死的駱駝比馬大，他只要從指縫間漏點好處出來，也足夠小妖受益不盡啊！

被夏思思敲竹槓，羅奈爾得卻沒有表現出絲毫懊惱，反而覺得這種經驗頗有趣且難得地道：「我可以把這些東西給他們。」

說罷，闇之神伸出手，也不見他有什麼大動作，在戰鬥中被炸得粉碎的晶石碎片就像被磁石吸引的鐵片般，聚集在羅奈爾得的掌心，隨即融合濃縮成兩塊小小的黑色晶石。

看到這枚發出幽幽光亮的黑色晶石，奈伊頓時雙目一亮，小妖更是口水都差點流出來了。雖然眾人並不知道這兩枚晶石到底是什麼，但兩名魔族的表情都不約而同地顯示出這絕對是好東西！

「他們？」夏思思奇怪地眨了眨眼，隨即醒悟道：「奈伊也有份？」見羅奈爾得點頭，小妖頓時不依了。憑什麼要牠開放靈魂任人搜索，但好處卻要分一半給奈伊？

看出小妖的不情願，羅奈爾得指著奈伊淡淡說道：「我知道你們防備我下黑手，所以我可以把搜索靈魂的方法教給他，讓他來動手。」

闇之神短短一句話，便讓小妖立即閉嘴。雖然牠不甘心把晶石分給奈伊，卻更不放心讓羅奈爾得下手。衡量過得失以後，小傢伙最終還是選擇了妥協。

接過這兩枚令奈伊與小妖眼熱不已的晶石、並收進空間戒指裡，夏思思不由得想起隱藏在她影子裡的黑影，心裡開始計算著該怎樣幫黑影也爭取一些好處。

此時奈伊已在羅奈爾得的引導下，使用魔力小心翼翼地搜索著小妖的靈魂記憶。青年之所以能夠如此快速地掌握這個技巧，主要是因爲奈伊與羅奈爾得彼此的本源之力是一樣的。再加上小妖雖然一直不喜歡奈伊，但對青年的爲人卻非常放心。信任之下，靈魂自然不會有太大的抗拒，讓初次接觸這種技巧的奈伊很順利地完成了任務。

幸好小妖並沒有前世的記憶，不然若是讓牠知道奈伊是害死「他們」的凶手，只怕事情便不會這麼順利了。

如果說這事情由闇之神操作，艾莉也許還會有所懷疑，但現在進行的人換成奈伊，不論獲得怎樣的結果，女子也只能心服口服。當羅奈爾得大大方方地把搜查靈魂記憶的方法傳授給奈伊，一點兒也沒有真相被揭發的心虛時，眾人更是已經偏向於相信他的清白。

果然，經過奈伊的搜尋，證實了亞伯特的主人並不是羅奈爾得，甚至就連里克與克奈兒也不是由闇之神所創造，只是在羅奈爾得得知佛洛德的事情時，隨意調派過去支援的高階魔族而已。

在小妖的靈魂記憶中，奈伊看到魔龍身旁站著一個人。不知道對方用了什麼手段，記憶中人的面目模糊不清，可一身氣息卻明顯是個沒有魔力的普通人類！

聽到奈伊的話，夏思思頷首說道：「克里斯曾說過在瑪麗亞的實驗室裡感覺到生命的氣息，我便一直覺得很奇怪。城堡的生命之樹樹葉不是殘缺不全嗎？同爲鍊金術師，說不定瑪麗亞正是喬納森的後人什麼的……」

羅奈爾得冷笑道：「我可不理會那個叫瑪麗亞的女人怎樣，總之你們說的事情不是我做的，別什麼髒水都往我身上潑！」

此時，米高忽然跑向羅奈爾得，只見少年怒不可遏地衝著闇之神舉起拳頭道：「我不相信！老師才不是你們說的那樣！是你！一定是你殺了老師，然後嫁禍給她！」

明明已經弄清楚事情，但這名人類少年仍舊衝著自己大叫大嚷，羅奈爾得不悅地皺起眉。米高的拳頭自然無法對闇之神造成任何威脅，只見他不閃不躲，手輕輕一揚，一道沒有攻擊力的魔力波動便要將少年丟出去。雖然看在卡斯帕的份上他沒有下殺手，但這力道已足以讓米高摔了個大觔斗。

夏思思突然神色一變，道：「羅奈爾得，快避開！」

男子聞言愣了愣，卻見米高那充滿著怒火與衝動的眼神倏地變得冷靜，就像一個被怒火遮蔽雙眼的愣小子，突然變成一頭老謀深算的狐狸！

少年瞬間的變化讓羅奈爾得心感不妙，立即使出神力，在自己身前築起堅固的護盾。此時米高緊握的拳頭張開，裡面竟然藏著一支只有一寸長的短箭！

迎著羅奈爾得發出的力量，這支短箭就像嗅到血腥味的野獸般衝上前，隨即竟將闇之神的神力盡數吞噬！

吸收了神力的箭矢，無論速度、長度，還是銳利度都上升了數個層級。「嗖」地一聲，便破開了羅奈爾得的防禦，並狠狠釘入他的肩膀！

隨即羅奈爾得感到身上的神力被箭矢貪婪地不斷吸收，忍著痛楚想要把箭矢拔出，可是箭頭在進入血肉的瞬間便已伸出無數觸手深入血管，就像是紮根在泥土裡的植物根部！

「破魔箭!?」卡斯帕神色一變，這支箭矢簡直就像那些由湯馬仕所製，後來被小妖吞進肚子裡的破魔箭。只是這箭的級數明顯比先前見過的破魔箭高級得多，竟然連神明的神力也能吸收！

「米高！你做什麼!?」艾莉掩嘴驚呼。目露凶光的米高讓她感到非常陌生，只是短短數秒，少年便像是變了一個人似地。

眼前的人，還是她所認識的那個老是畏畏縮縮的少年嗎？

卡斯帕一咬牙，便把母樹所給予、為數不多的神力輸進闇之神體內。可這只能

飲鴆止渴，雖然能暫時紓解燃眉之急，卻無法讓羅奈爾得徹底脫離此刻的困境。

米高狂妄地大笑道：「哈哈！羅奈爾得，任你再看不起我，還不是三番四次栽在我手裡!?」

「米高？」艾莉跑上前，伸手想要觸碰少年，但米高的身上瞬間爆發出一股力量，就像護盾般將女子彈了出去！

「這……這力量……」艾莉被這突如其來的力量擊飛了足有數公尺遠。雖然女子摔得很重，過程中還來不及使出祕銀護身，但聖騎士的銀甲把衝擊力大部分卸除了，倒沒有讓她受到傷害。

艾莉對米高身上的力量並不陌生，那是聖與魔混合的力量。在當年艾莉被伊妮卡的魔血魔化以後，她的身上便無時無刻都帶著這種氣息，所以她絕不會弄錯！

然而米高身負的力量，卻比艾莉當初所獲得的強大得太多了。

夏思思抬頭一看，力量化爲代表神聖的銀白與代表著幽暗的黑，兩種迴然不同的顏色於米高上空形成一個彷如太極般的圖案。隨即這股強大得肉眼可見的力量迅速融合，本來明確區分開來的銀白與黑暗混雜在一起，扭曲渾沌的狀態讓人只是看了一眼，便覺得噁心不祥。

埃德加等人全都被眼前的景象震驚了，這個人，還是他們一直視為累贅的米高嗎？

少年毫不關心與他關係最好、卻受到他能量波及飛至老遠的艾莉，饒有趣味地看向夏思思，道：「妳好像不太吃驚？」

夏思思搖了搖頭，道：「被你嚇死了。我雖然早已猜到降魔戰爭是由喬納森一手促成，還懷疑過你會不會是殺死瑪麗亞的眞凶，畢竟當時木屋裡就只有你與瑪麗亞兩人……但最終我還是被你的演技騙了。果然天才就是幹什麼都厲害，就連演技也那麼強。想不到你竟然用這種方式一直活了下來，對嗎？喬納森？」

「什麼？他是喬納森⁉」卡斯帕驚呼。倒臥於地上、被少年抱住上半身的羅奈爾得也露出無法置信的神情。

米高信步朝卡斯帕二人走去，此刻少年的臉上帶著高傲又自信的笑意。這熟悉無比的笑容展露在一張陌生的臉孔上，在卡斯帕二人眼中看來實在非常詭異。

米高走至兩人身前、停下腳步，彎腰俯視著卡斯帕笑道：「卡斯帕，這些年你

眞的做得很好，不枉我當年選擇了你。」

卡斯帕只覺腦中傳來轟然巨響，喬納森曾說過的話語於腦海中迴響著——

「卡斯帕，要是能讓我選擇誰來當神祇的話，我一定選你。」

當年聽了之後讓他感到溫馨無比的話語，爲什麼現在回想起來，卻是如此地令人毛骨悚然？

ch.10
最後的降魔戰爭

看出卡斯帕眼中的困惑，米高——現在應該稱為喬納森——笑道：「反正已經到最後了，看在曾經的交情上，我便把眞相告訴你們吧！反正你們也無法活著離開這裡了。」說罷，少年滿是笑意的臉上閃過一絲殺意。

聽到喬納森的話，已經恢復實力的埃德加等人同時向他做出攻擊。可無論是聖騎士的神聖力量，還是奈伊與小妖的闇系魔力，皆被少年創造出的、同時擁有聖魔力量的渾沌法則所吸收！

「可惡！我們的聖光只會反過來增加他的力量而已！」凱文低吼一聲，喬納森有了渾沌之力護身，刀劍根本無法接近他半分，偏偏聖騎士的魔力又無法發揮作用，這讓眾人只得暫時中止徒勞無功的攻擊。

「我們也是。」奈伊無奈地頷首，一旁的小妖更是生氣地吼叫著。剛剛牠使出了素來無往不利的十六支破魔箭，但破魔箭竟然受到插在闇之神肩膀的箭矢所吸引。雖然小妖見機立即將其收回，但還是失去了其中一枚利箭，讓牠又是心痛又是憤怒。

也不知道對方用了什麼手段，竟然能夠同時擁有聖與魔的力量。在場唯一攻擊不算在這兩種元素之列的夏思思卻沒有急著出手，因為少女心裡很清楚，既然她的大衍神雷無法擊殺神力枯竭的羅奈爾得，那麼用來殺死活蹦亂跳的喬納森就更加是痴人說夢了。

因此，夏思思正暗暗讓水靈全力恢復聖水的分量。如果要與喬納森這個老怪物對戰，也許只有從諸神時代遺留下來的聖水才能與之一拚。

喬納森輕蔑地笑了笑，少年毫不理會奈伊等人的攻擊，繼續逕自說道：「自從我開始研究你與羅奈爾得的體質後，我便對於元素體質有著很大的興趣。雖然元素體質是天生的，可是難道不能想辦法後天培養？可惜我做了多方面研究，最終也只能創造出妖獸那種不穩定的半吊子產物。然而我的努力也不算白費，因為過程中我偶然發現，雖然無法讓自己轉變成元素體質，卻能透過一些方法把你們的力量轉移至我身上。」

雖然早已知道喬納森一直以來都別有心思，但聽到對方親口說出自己的野心時，卡斯帕還是紅了眼眶，道：「所以無論是用羅奈爾得的血液創造魔族，還是把我推上『神明』的位置，都是你在利用我們？」

喬納森笑道：「別說得那麼難聽，我們只是互惠互利而已，你們不也從我身上獲得不少好處嗎？只是羅奈爾得一直沒有真正信任我，而且還被他發現了我的研究，不得已，我只好捨棄他。」

「利用那次的事，我把羅奈爾得推至人類的對立方，不過我也不是沒有付出代價。被他所傷後，當時那副身體的確不能用了。」說到這裡，喬納森嘉許地看向夏思思，道：「光憑卡斯帕的描述，以及一些蛛絲馬跡，妳便能夠察覺到我當年的想法，實在令人不得不讚歎。不過妳猜錯的是，當年我無法研發出祛除魔毒的方法，所以我使用的是其他辦法。」

「其他辦法？」

喬納森指了指小妖，道：「看這小傢伙身上的破魔箭，妳曾去過落石山脈，對吧？在那裡，妳不是已經見識過不受時間與肉體束縛的生命了嗎？」

卡斯帕驚呼：「你把自己煉成巫妖了!?」說罷，少年卻又皺起了眉，道：「不對，你的身上雖然同時具有光明與黑暗的力量，卻沒有巫妖那種腐朽的氣息，身體仍是普通人類的身體。」

「啊，當初我的確從巫妖的方向來尋找永生的方法，但巫妖卻有著『命匣』這個很大的弱點，這並不是理想的生命模式。所幸我後來研究出提煉生命之樹樹葉的生命氣息，藉此用以壯大靈魂的方法。從此我的靈魂便可以隨意離開肉體的束縛，把想要侵佔的身體內的靈智抹去，並且取而代之。憑這種能力，在身體衰老或者受傷時，就能輕易尋找其他宿主來延續生命。如何？這能力不比你們的元素體質差吧？」

夏思思神色一變，道：「你竟然能奪舍!?天啊！這不是仙俠小說用來唬人的情節而已嗎？」

「奪舍？」喬納森愣了愣，隨即滿意地點點頭，道：「這個詞語聽起來不錯，我這種能力就叫奪舍好了。後來我便製造出我已經死亡的假象，卡斯帕果然因爲我的死正式與羅奈爾得決裂，最終兩人的爭鬥以卡斯帕的勝利爲終結。奪舍後我用新的身分生活，憑我的才華，輕而易舉便獲得國王的賞識，成爲參與構建封印之塔的一員。」

「我在封印之塔的法陣中做了手腳，以封印的法陣爲媒介，這些年來從不間斷地吸取著你們二人的力量。雖然爲免讓你們起疑，所以量並不多，但在你們不停被削弱、而我卻持續變強的狀況下，現在的我已經變得比你們更強了。」

「那麼，瑪麗亞也被你奪舍了嗎？」艾莉問。

喬納森道：「這有分別嗎？從認識小艾莉妳的時候起，一直在妳身邊照顧妳長大的人便是我。說起來，妳這孩子的體質眞的很有趣，緋劍家族那對雙胞胎的神聖之力不夠濃郁，達不到我想要的效果。我本來便想用妳來試驗一下，怎料陰錯陽差下，伊妮卡竟會主動把魔血給妳，這倒省了我的麻煩。也託妳們的幫忙，我才能順利尋找出融合卡斯帕與羅奈爾得神力的方法。」

無視艾莉殺人般的眼神，喬納森續道：「後來我還更換了幾次軀殼，偶爾還會將一些志同道合的天才收爲己用。例如你們所知道的湯馬仕，又或者是阿爾……他們都是繼承了我研究永生，以及將聖魔融合意念的天才。」

「既然如此，當初你爲什麼要殺死阿爾？」雖然夏思思出言詢問，但其實她已經隱約猜到答案了。之所以故意這麼問，也只是想讓卡斯帕對喬納森死心而已。

喬納森也看出少女的小心思，但勝券在握的他已懶得再做任何掩飾，在眾人面

前毫不顧忌地把他那涼薄殘忍的心性表露無遺，「阿爾的野心既然已經被人知曉，萬一被抓捕後供出我怎麼辦？雖然我隨時可以換一副軀殼，可是小艾莉這個頂級的材料才剛剛準備好，也只有瑪麗亞這個身分才能名正言順地進行研究，既然如此，我只好放棄阿爾了。」

面對眾人聞言後充滿鄙視與厭惡的神情，喬納森卻彷彿沐浴在讚賞的目光般，志得意滿地道：「身爲成功者，需要果敢決斷的魄力。阿爾的死能對我的研究有所幫助，他也算是死得其所了。」

說罷，少年大笑道：「我等這一天已經很久了，只要把卡斯帕你們消滅，我便是世間唯一擁有神力的人，在這個世上再無敵手！」

雖然震驚於喬納森展露出來的力量，可夏思思仍是嘴巴不饒人地道：「就憑你這種不穩定的力量便想征服世界!?你現在還只是力量大一點的人類而已，根本稱不上神族！」

夏思思的話完全沒有破壞少年的好心情，對喬納森來說，眼前只是有條正要面臨失敗的狗在亂吠而已，他說道：「只要把卡斯帕消滅了，我便能繼承他『眞神』

的位置，繼續吸收信仰之力，總有一天能夠成爲眞正的神族！」

說罷，少年滿身的渾沌氣息籠罩在卡斯帕與羅奈爾得上空，只見喬納森向卡斯帕溫柔地笑道：「卡斯帕，雖然這些年你做得很好，不過我已經不需要你了。」

只見那扭曲又噁心的渾沌領域像一張大網般，往二人身上罩下！千鈞一髮間，羅奈爾得及時釋放出領域的力量，勉力與喬納森的力量抗衡。

領域的碰撞讓本已力竭的羅奈爾得噴出一口鮮血，然而男子卻沒有退縮，嚴厲地向失魂落魄的卡斯帕怒吼：「別發呆了！不想死的話就來幫忙！」

卡斯帕一咬牙，閃閃生輝的寶藍色眸子褪去了軟弱，只剩下豁出性命的決然！

充滿神聖氣息的生命領域融入了羅奈爾得的領域中，讓一片漆黑死寂的領域裡浮現出點點銀白光芒，如同宇宙中的銀河般，充滿了生機。

危急關頭，卡斯帕與羅奈爾得兩人竟然冒險融合他們的力量，創造出新的領域！

而最驚人的是，他們成功了！

「這是……夜嗎？」夏思思睜大雙眼看著這個璀璨美麗的神之領域，這滿布繁星的黑夜勾起她內心最深處的溫柔，讓她不禁懷念起一位故人來。

「可惡！」喬納森恨得雙眼通紅，他怎樣也想不到這兩人合力竟能完成他多年來都無法成功的事情——創造出一個全新的強大領域！喬納森的力量雖然強大，但說穿了這些偷來的力量並非眞正屬於他，只是被他勉強吸納運用而已。看到原本必勝的局面忽然出現變數，這讓本來信心滿滿的喬納森開始焦躁動搖了。

很快地，喬納森的臉上再度浮現起輕蔑的笑意，只因他已看出這個由二人合力創造的領域強則強矣，卻有著一個很大的缺憾，便是兩人的力量差距過於懸殊。要是羅奈爾得再不繼續輸出神力，不須喬納森出手，這個新生的領域馬上便會自行崩潰。

眼看他們所創的領域已搖搖欲墜，羅奈爾得安撫地按了按卡斯帕的頭，滿臉堅定地對少年說道：「放心，沒事。」

隨著男子的話，一股強大的暗黑魔力注入領域裡，瞬間便彌補了原本的缺失，讓聖與魔兩種力量取得了平衡。

聖騎士能夠以損耗自身爲代價，使出超出自身能力的力量，同樣羅奈爾得也有類似的方法。這股填補魔法領域的神力，正是闇之神以自己的生命力爲代價轉化而成。

羅奈爾得與卡斯帕二人聯手，創造出來的新領域就像能包容一切的溫柔夜空，也像一個廣闊無邊的宇宙，逐漸把喬納森那扭曲的渾沌之力轉化吸收。

只見領域中夜空的漆黑變得愈發深邃黑暗的同時，無數像星光般的銀白光點也變得愈來愈燦爛閃爍，那是一個令人難以想像的美麗景致。

喬納森的渾沌氣息節節敗退，眼見勝利在望，羅奈爾得的身體卻突然變得虛幻，竟是生命力即將耗盡的先兆！

「羅奈爾得！夠了，快點住手！」卡斯帕驚呼。然而闇之神卻像是聽不見少年的警告般，依舊不要命似地驅動著領域的運行。

卡斯帕下意識便想要消散領域，卻被羅奈爾得喝止。「萬一讓喬納森勝出，不光我們會死，所有在場的人也都沒有活命的機會！你就這樣自私地要我揹負著你們所有人的性命嗎？要是這樣的話，我永遠也不會原諒你！」

少年聞言全身一震，雙眼滿是痛苦與掙扎。

見狀，羅奈爾得嘆了口氣，臉上的神情是從未有過的溫柔：「無論任何原因，我的所作所為還是害眾多的人失去了性命，此刻的我已經是不容於這個世上的存在了。這是我的罪孽，我不求能夠獲得原諒，但至少我死也要消滅喬納森，不然我怎樣都無法瞑目！」

卡斯帕痛苦地閉上雙眼，最終還是沒有動手散去領域。

見羅奈爾得不顧性命也要與自己同歸於盡，直到此時，喬納森終於慌了。他怎樣也想不明白，自己花了這麼多年研究，結果只能將光明與黑暗的力量融合成渾沌狀況。為什麼到了這兩人身上，卻能產生出那麼強大的力量？難道就只是因為他們是元素體質嗎？

很快地，羅奈爾得的身體便透明得只剩下淡淡虛影，即使他是魔族的神祇，即使他是特別的存在，卻也如同所有的魔族一樣，在死去後不會留下任何痕跡。

同時，喬納森也到達極限了，隨著渾沌領域的崩潰，喬納森竟以飛快的速度衰老起來。只見少年蒼白卻光滑的臉上浮現出無數皺紋，銳利的雙眼迅速變得黯淡無神。

最終，垂垂老矣的喬納森雙目緊閉、倒臥在地上，四周令人不舒服的扭曲感盡數消散。至於羅奈爾得的虛影，也在此時崩解成閃爍著光亮的黑色砂礫。

突然，夏思思的影子像滾燙的熱水般沸騰起來，隨即便見黑影從少女的影子裡躍出，並把闇之神崩潰而成的砂礫包裹在體內！

「黑影！你幹什麼？快點吐出來！」夏思思神情大變。

就算闇之神的灰燼對你來說是大補之物，但當著卡斯帕的面把它吞掉也太過分了！

然而黑影卻無視少女的聲音，獲得黑砂後快速掠過地面，瞬間便逃竄至遠處。

眾人所不知的是，闇之神在死亡的瞬間使出了最後的力量，讓世界各地的魔族也在同一時間莫名地化為灰塵。從此這個以魔為名的種族，真正從大陸上除名。

失去了闇之神的力量，二人合力所創的領域頓時黑暗盡去，純粹的金光照耀整片封印之地。可此刻這些充滿著生命力的金色光芒，看在眾人眼中，卻帶著淡淡的哀傷與寂寞。

泰勒心直口快地說道：「我還是覺得剛剛那個像星空的領域比較好看。」話脫口而出以後，這傻大個才驚覺這句話實在不太適合，這不是暗喻眞神大人的領域不及先前的壯觀嗎？

但聽到泰勒的感想後，卡斯帕卻露出了淡淡的笑容，道：「嗯，我也是這樣覺得。」

就在金色光芒照耀大地之際，倒臥在地上、聲息全無的喬納森突然睜開緊閉的雙眼，瞳孔倏地閃耀出邪異光芒！

這詭異的光芒一閃即逝，隨即喬納森便氣息全無，眞正地死去了。

但，夏思思突然有種毛骨悚然的感覺，強烈的危機感令少女的心臟激烈地怦怦跳動。

是奪舍！

這個想法才剛浮現，喬納森的精神力已衝擊至夏思思面前。如果此刻他還擁有軀體的話，眾人必定會聽到他囂張瘋狂的大笑聲。

喬納森已經預想著在奪得夏思思的身體後，要怎樣以勇者的身分潛伏。身爲參

與最後一場降魔戰爭的勇者，可以預想得到夏思思在安普洛西亞王國的地位絕對是高不可言。憑著這身分的便利，他絕對有著東山再起的資本！

彷彿已看到自己利用夏思思的雙手，把毫無防備的埃德加等人一個個殺死。喬納森幻想著實行時的情境，立即生出一種報復的快感……

眼看喬納森將得手之際，一道猶如流星般的燦爛軌跡劃過半空，成了他一生中最後看到的風景。

他至死都不明白自己是怎樣失敗的！

不止喬納森，眾人只見一道銀光「嗖」地一聲劃過半空，隨即在什麼都沒有的半空停頓半秒便掉落於地，誰都不曉得發生了什麼事。

待眾人定睛一看，才發現那落在地面的小東西是片銀色小刀片。

夏思思默默撿走刀片，隨即在眾人震驚的注視下，少女手一拋，便把刀片拋進嘴巴裡！

眾人頓時炸了窩！

「天呀！這是刀片不是甜點！」

「思思，妳再餓也不要什麼都放進嘴巴裡！」

「快快快！快吐出來！」

看著亂成一團的眾人，夏思思滿臉無奈地伸了伸舌頭，靈活的舌尖上露出一抹銀光，正是剛剛眾人看到的小刀片！

隨即銀光退回嘴巴裡，只見夏思思說道：「放心，雖然我劍術沒你們厲害，但刀片藏舌底的本領可不會輸給任何人！」

夏思思說話的聲音與語調仍非常自然，如果眾人剛剛不是親眼看著她把刀片收進嘴巴裡，誰也不會相信她的嘴裡正藏著一枚小刀片！

說罷，少女便把剛剛喬納森試圖搶奪她身體的事情道出，直把眾人嚇出了一身冷汗。

「思思，那枚刀片……」埃德加像是想到什麼，一臉古怪地詢問。

夏思思笑道：「小埃，你猜出來了嗎？這正是融合碎片以後的聖物形態，想不到它竟然連精神力也能斬殺，真是太厲害啦！」

聽到少女的話，除了早就知道真相的卡斯帕，其他人的神情不禁怪異起來……

他們都不知道該爲聖物沒有變成甜點或枕頭而高興，還是爲它變成不起眼的刀片而悲哀了……

竟然讓聖物變成如此奇葩的武器，勇者大人還眞是了不起哪！

看著少女洋洋得意的表情，眾人忍不住也露出了笑容。

凱文半蹲在喬納森身前，查探過他的生命氣息後，搖搖頭。這個少年的肉身已經沒氣了，而他引以爲傲的精神力也被聖物毀滅得連渣也不剩。這名造就了人類與魔族多年戰爭的人，這次是眞的死得不能再死了。

幸好喬納森當時選擇下手的人是夏思思，而少女又正好暗藏著連精神力都能摧毀的聖物作殺手鐧。不然也許眞的能夠讓喬納森得手，繼續潛伏下去也說不定。

夏思思在爲大家的好運感到欣喜的同時，也不禁爲喬納森的霉運而感慨……

舌底藏刀片是初遇時夜用來殺人的特技，也是夏思思懂得的唯一武技。這讓少女在使用聖物消滅喬納森的精神力時產生了一種錯覺，就像夜也陪同著她一起戰鬥一樣……

現在最大的敵人已經被消滅，闇之神也在與喬納森的戰鬥中殞落了，最大的惡

劣因素已經排除。可眾人卻沒有預期中的欣喜，反而還有點兒尷尬……

畢竟經此一役，埃德加等人實在知道了太多祕辛！雖然很多事情卡斯帕他們並沒有說白，但言談之間還是讓聖騎士們猜到不少眞相。

至少卡斯帕不是眞正的神族，他與闇之神的友誼，以及他們是創造魔族的罪魁禍首這幾點，埃德加等人都看出來了。

對有著虔誠信仰的聖騎士來說，這打擊可不小。還好他們並不知道眼前的眞神正是他們所熟悉的大祭司伊修卡，不然只怕埃德加他們眞的連殺人的心情也有了！

「卡斯帕，你怎麼不把領域收起來？現在擺出來給誰看？」感覺到眾人的尷尬，夏思思打著哈哈地詢問一些無關緊要的問題，以圖能分散埃德加等人的注意。

雖然卡斯帕因爲喬納森與羅奈爾得的事情非常難過，但少年早已經歷過不少大風大浪，用夏思思的話來說，就是裝逼裝習慣了，在最初的激動過後，自然不會在信徒面前太過失態。

因此雖然心裡難過，但卡斯帕表面上仍是不動聲色，美麗的臉龐聖潔又超凡脫俗。他道：「不是我不想把領域收起來，只是經過與喬納森的戰鬥，我似乎眞的找到成神的契機了。」

「咦？」

「思思，一切交給妳了。」卡斯帕說罷，只見少年的身影逐漸幻化成燦爛的金光，與領域融合後，化為點點充滿著生命力的春雨，灑落於安普洛西亞王國的每一寸土地。

所有在降魔戰爭中受傷的戰士，無論是人類、巨人，還是龍族，只要還剩下一口氣，在這場金光組成的雨點下，瞬間便回復了生機與健康，令戰士的生還率大大提升起來。

看著消失了的卡斯帕，夏思思瞬間傻眼。

他就這樣走了？又把我留下來收拾爛攤子嗎？他至少要與小埃他們解釋一下再走吧！

卡斯帕那個混蛋！

「呃……既然眞神都跑掉了，我們也回去吧！」四名聖騎士加上兩名魔族，一共六雙眼睛眨也不眨地瞪著少女看，即使夏思思再怎麼大剌剌也深感吃不消，只得

顧左右而言他地乾笑著。

此時，一隻變幻著不同色彩的小蝴蝶翩翩而至，正是把眞神送來封印之地的北方賢者的使魔。

在到達封印之地以後，這隻小使魔便躲到一旁，直到現在才拍著翅膀飛來，準備帶領勇者一行人凱旋而歸。

眾人之中埃德加看事情的目光最爲犀利，當他看到少女逕自傻笑著，卻絲毫沒有解釋的意思時，便明白即使再逼迫下去，夏思思還是什麼也不會說的。

騎士長揉了揉發疼的額角，最終化爲無奈的嘆息。

看到埃德加的反應，夏思思知道這一關她算是過了。果然青年沒再問什麼，乾脆俐落地轉身道：「回去吧！」

尾聲

最後一場降魔戰爭終於落幕，此戰人類一方屠盡來犯的魔族，經出征封印之地的勇者夏思思回報，確定闇之神已被眞神消滅。頓時舉國歡騰，讚美眞神與勇者的聲音隨處可以聽見。

人類終於能夠完全擺脫魔族的侵害，這是一個新紀元的誕生，是一個足以記入史冊的重要時刻！

所有爲國捐軀的英勇戰士們，他們的名字都會刻劃在英雄碑上受萬民景仰，他們的親屬也將受到國家的保護與照顧。

在最後關頭出現的龍族，絕對是扭轉了劣勢的一大功臣，而當時與黃金龍一起降臨的莉蒂亞公主與艾維斯，也在人類的將領中大大露了一番臉。

同時在戰場上發揮很大作用的，還有回歸人類陣營的北方賢者佛洛德。他不但迅速加固了既有的結界，穩穩守護著王城的安全，還針對不同魔族的特點，給予軍方有用的意見，甚至到了後來他還親自加入戰鬥，以華麗又強大的魔法殺掉好幾名高階魔族。可以說沒有他的幫忙，人類的損失一定不只現在這些。

隨即王城更貼出通告，內容是這些年來北方賢者僞裝背叛人類來獲取魔族的情報，其實仍是心屬人類一方。由於佛洛德在那段期間除了火燒王城外，並沒有其他劣跡，因此這個說詞輕易便被民眾接納。

隨同為賢者平反的公告，通告裡還附帶了幾則更勁爆的消息——

緋劍家族兩名失蹤多年的雙胞胎終於尋回，姊姊伊妮卡將嫁給北方賢者；而弟弟葛列格則會迎娶安朵娜特公主為妻子，兩對新人的婚禮將同時於城堡舉行！

雖然眾人奇怪緋劍家族什麼時候出了一對雙胞胎姊弟，但這並不影響人民對兩對準新人的祝福。尤其是公主殿下的大婚，這可是舉國歡騰的一等一大事！

自從打勝仗以後，素來低調的夏思思立即變成了眾人眼中的大紅人，被各方勢力爭相邀請拉攏，結果不勝其煩的少女又開始重走當初來到這個世界時的老路——躲在城堡當宅女。

「怎麼今天不見小公主？」

「喔！莉蒂亞又跑到精靈森林去玩了。我現在已開始相信聖物碎片的預言，看她那副厚臉皮的樣子，攻陷精靈族的心防怕也只是時間問題吧？」

城堡的書房中，只見夏思思的嘴巴很沒形象地塞滿了甜點，看起來就像隻把雙頰塞得鼓鼓的小松鼠。「結果你的力量都花費在救助傷者上，明明只差一步卻還是功虧一簣，後悔過嗎？」

坐在夏思思對面、用著與少女完全相反的優雅形象喝著紅茶的人，正是眞神卡斯帕行走在世間的另一個身分，大祭司伊修卡！

少年淡淡笑道：「其實我覺得這樣剛剛好。」

「嗯？」

「小時候的我，並不明白神族爲什麼會願意放棄永生，選擇轉生爲有限的生命，可現在我懂了。成爲神明固然地位超然，但同時卻也未免太寂寞了吧？」說到這裡，卡斯帕俏皮一笑道：「而且我還沒找到羅奈爾得，又怎能就這樣離開？」

自從奈伊在封印之地與羅奈爾得見過面後，兩人間彷彿建立了外人無法理解的聯繫。後來闇之神殞落，奈伊卻仍能感應到他靈魂的存在……

雖然不知道羅奈爾得現在身在何方、處於什麼狀態，但能確定他的靈魂沒有消散，也沒有前往安息之地。

後來在卡斯帕全力搜尋下，雖然找不到羅奈爾得，卻意外找回了失蹤的黑影！其實說找回並不對，因爲黑影是自己出現的。

在降魔戰爭的慶功宴上，西方軍那群魔法師一臉得意地向夏思思獻寶，結果眾人看到他們收伏的怪物時也嚇了一跳，因爲他們計畫用來當坐騎的新寵物，正是從封印之地逃走的石獸，而且還是被黑影侵佔了身體的石獸！

當時要不是奈伊認出了石獸體內的靈魂波動，也不知這被西方軍困在特大號籠子裡的倒楣傢伙，什麼時候才會被眾人發現。

吞噬了羅奈爾得給予的黑色晶石後，奈伊在靈魂溝通方面的能力大增，正好可以用以向變成石獸的黑影問話。

一問之下，眾人才驚覺黑影與羅奈爾得原來有很大的淵源！

原來闇之神多年來被封印於封印之塔內，結果除了外洩的神力把夢境轉化爲幻象外，他的影子也漸漸生出了靈智。

黑影本就是人形的暗黑之物，羅奈爾得感嘆它誕生不易，便使出部分神力幫助它脫離地面，凝聚成獨立的生命。

當羅奈爾得的身體崩潰時，黑影把他快要消散的靈魂保護住，並將其放在一個剛剛死亡的嬰兒裡。至於黑影，則因爲耗盡了力量，不得已只好寄宿在適合的宿體內，結果便進入了被西方軍所抓捕的石獸之中。

得知此事後，卡斯帕便立即隨黑影的指示回到西方，尋找羅奈爾得的轉世。可惜那名小嬰兒也不知是被善心人抱走，還是被野獸吃了，當他趕去時已不在原地。

聽到卡斯帕的話，夏思思笑道：「你也不用急，要是那孩子還活著，他的資質一定不凡。說不定二十年後，你便能聽到一名黑髮青年名揚四海的消息了呢！」

卡斯帕微微一笑，道：「二十年在我眼中不算長，希望一切如妳所說吧！對了，妳想到要實現什麼願望了嗎？」

夏思思吃下最後一塊點心，隨即懶洋洋地伸了伸懶腰，道：「決定了！我想要返回地球！」

「……妳認眞的？」

少女用力點頭：「認眞的！」

□

在香港這個國際大都會裡看到外國人一點兒也不稀奇，可是當出現的是一群高大的外國青年，而且還是成群結隊地出現在墓地裡時，便成了一幅每個路人都忍不住偷瞄一眼的風景。

此時，其中一名紅髮青年面露訝異地彎腰撿起了放在墳墓上的信，信封上沒有寫收信人的姓名，也不知道是有人故意放在這裡，還是別人不小心掉落的東西。

「昆西，打開來看看吧！說不定是給我們的信呢！」紅髮青年的同伴起鬨道。

在同伴的催促下，名爲昆西的青年緩緩打開什麼都沒寫的信封，取出放在裡面的一封簡短的信……

各位親愛的哥哥們：

多年不見了，你們過得還好嗎？

自從你們把夜的骨灰帶回他故國，這麼多年後，我終於鼓起勇氣來替夜掃墓。

我現在過得很好，認識了不少新朋友，他們寵我疼我縱容我，一如當初的你們。這段時間身上多了些莫名其妙的責任，爲了大家，我可是有稍稍地努力一下喔！還好結果不錯，也不枉我辛勞一場。

聽到我要回家一趟時，有幾個傻瓜傷心得哭了。因爲那邊有著太多讓我放心不下的事物，所以我還是決定留下來。回來一趟只爲報平安，讓你們不致擔憂。

有機會的話，我還是會回來看大家的。不過要先說服一個吝嗇得不像話、美麗得不似男人的傢伙，實在是任務艱鉅哪！

勿念，珍重。

你們摯愛的妹妹

夏思思上

《懶散勇者物語》全書完

後記

出版了一年多、共十集的《懶散勇者物語》，終於要在此劃上句點了！

《懶散》是我出版的第二套小說，十集的篇幅以輕小說來看也不算短了，對我來說可謂一個不小的挑戰。

各位親愛的讀者們，大家能夠堅持把這套小說看完、沒有中途放棄，對我而言真的是一件很讓人鼓舞的事情。謝謝各位一直以來的支持！

第一次寫那麼長的小說，曾經擔心會不會出現卡文、或者到了後期故事走向變得脫離軌跡等狀況。還好這些問題並沒有出現在我的身上，最終在今天順順利利地把故事完結了。

雖然《懶散》已經不是我第一本完結的商業本，可是在完成大結局的時候，還是感到一絲不捨。努力過、付出過，難免會對小說產生了感情，也許即使再多寫十本、二十本，也仍是無法逃離這種離愁別緒吧？

除了不捨以外，當然還有滿足與驕傲，雖然我的文筆還有很多需要改進的地方，但能夠完成一本小說，還是一件很值得高興的事情。

《懶散勇者物語》是我第一本以穿越作背景的小說，雖然現在回過頭去看，便會覺得故事有這的那的問題，需要改進的東西確實不少，但當初構思時想要寫的想法，基本上也都順利描繪出來了。

值得一提的是，有段時間我頗喜歡看穿越類的小說，其中一點讓我滿在意的，便是很多小說的主角穿越後很容易便會把地球的一切放下，然後開始打拚、發憤、開後宮……咳！扯遠了。

當然我不是說人家豁達不好，只是對我來說，有些東西是不應輕易遺忘的。

主角突然消失，他們的親友會有多擔憂？必定會滿世界地尋找，每天都想著他是不是有任何不測、會不會正在自己所不知道的地方受苦？

所以在最後，夏思思跑了一趟地球，留下一封給兄長們的信。

至於思思向卡斯帕提出要求時，並沒有說明是「雙程來回」，這是我小小的惡

趣味，大家聽到她要回地球時，有沒有嚇一跳，或者覺得很可惜嗎XD

□

一本小說的完結，意味著新一本小說的開始。

完成《懶散》以後，我便開始把注意力投放於新書《琉璃仙子》上。這是一本東方背景的小說，對於從沒寫過東方故事的我而言是全新的嘗試，希望能夠帶給大家耳目一新的感覺。

相較於一共十集的《懶散》，新書《琉璃仙子》預計的篇幅不會太長，如無意外的話，應該四集便會完結。

新小說也將承接《傭兵》與《懶散》的原班人馬，也就是說這次的畫師仍是天藍喔！

很少看到天藍畫東方背景的圖，因此這本小說除了對我來說是個挑戰外，我想對於畫師天藍來說，也是一個新嘗試，希望大家多多支持！

最後，再一次感謝各位對《懶散勇者物語》這本小說的喜愛，我們在新一本小說《琉璃仙子》再見！

香草

【新書預告】

琉璃仙子

統治花月國的前任神子與鬼王，竟然私奔了！
而且，還留下了好大的一個爛攤子！！
唯一的預言撲朔迷離，
年輕宰相一行人只好踏上尋覓新神子的旅途……
然而所有事情，爲何卻都與那位偶遇的少女有所關聯？
她機伶、調皮，還有點神祕，
她的名字是，琉璃！

卷一〈兩名神子〉．2014年盛夏，敬請期待～～

國家圖書館出版品預行編目資料

懶散勇者物語 / 香草 著.——初版. ——台北市：
魔豆文化出版：蓋亞文化發行，2014.05
冊； 公分.
ISBN 978-986-5987-45-9（第10冊：平裝）

857.7 101026390

懶散勇者物語 vol.10 [完]

作者 / 香草
插畫 / 天藍　封面設計 / 克里斯
出版社 / 魔豆文化有限公司
地址◎ 台北市103赤峰街41巷7號1樓
電話◎（02）25585438　傳眞◎（02）25585439
網址◎ www.gaeabooks.com.tw
部落格◎ gaeabooks.pixnet.net/blog
電子信箱◎ gaea@gaeabooks.com.tw
投稿信箱◎ editor@gaeabooks.com.tw
郵撥帳號◎ 19769541　戶名：蓋亞文化有限公司
發行 / 蓋亞文化有限公司
法律顧問 / 義正國際法律事務所
總經銷 / 聯合發行股份有限公司
地址◎ 新北市新店區寶橋路二三五巷六弄六號二樓
電話◎（02）29178022　傳眞◎（02）29156275
港澳地區 / 一代匯集
地址◎ 九龍旺角塘尾道64號龍駒企業大廈10樓B&D室
電話◎（852）2783-8102　傳眞◎（852）2396-0050
初版一刷 / 2014年05月
定價 / 新台幣 180 元
Printed in Taiwan

ISBN / 978-986-5987-45-9

魔豆

魔豆